# O Retorno
# do Cavaleiro Branco

*Lucas Giacobbo*

# O Retorno
# do Cavaleiro Branco

1ª Edição
POD

Petrópolis
KBR
2012

Edição de texto **KBR**
Editoração **APED**
Imagem da Capa **"Danaë", óleo sobre tela de Gustav Klimt, 1907**

ISBN: 978-85-8180-015-8

KBR Editora Digital Ltda.
www.kbrdigital.com.br
atendimento@kbrdigital.com.br
24 2222.3491

B869 — Literatura Brasileira

 **Lucas Giacobbo** nasceu em 1981 no Rio de Janeiro, onde ainda vive. É formado em Medicina pela Fundação Técnico Educacional Souza Marques e se especializou em pediatria no Hospital Municipal Miguel Couto. Apaixonado por mitologia europeia e contos de cavalaria, *O retorno do Cavaleiro Branco* é seu primeiro romance publicado.

**E-mail do autor:** lucas@noritvy.com
**Blog do autor:** http://www.noritvy.com/

*Dedico esse livro, primeiramente, aos meus pais, Saint Clair e Fernanda, e ao meu irmão, Bruno, pois foi por mérito deles que me tornei a pessoa que sou.*

*Dedico também aos meus avós, Zilda, Joubert, Eunice (in memoriam) e Luiz Arthur — cujo talento literário sempre me inspirou; aos meus padrinhos, Decio e Nara, que sempre foram para mim como "segundos pais"; e a toda minha família.*

*Dedico ao meu psicólogo, Afonso, que me "atura" desde a adolescência e nunca me deixou desistir dos meus sonhos.*

*Também dedico aos amigos Adriana, Celso, Eduardo, Elza, Érico, João, Julia, Kadu, Letícia, Marina, Miguel, Nathasha, Nikolas, Rebeca e Thiago por sua ajuda, apoio e inspiração.*

*Agradeço a todos os meus professores, da escola, da faculdade e da residência médica, que foram fundamentais para a minha formação pessoal e profissional.*

*E, por fim, caro leitor, dedico este livro a você, por ter resolvido lê-lo.*

# Sumário

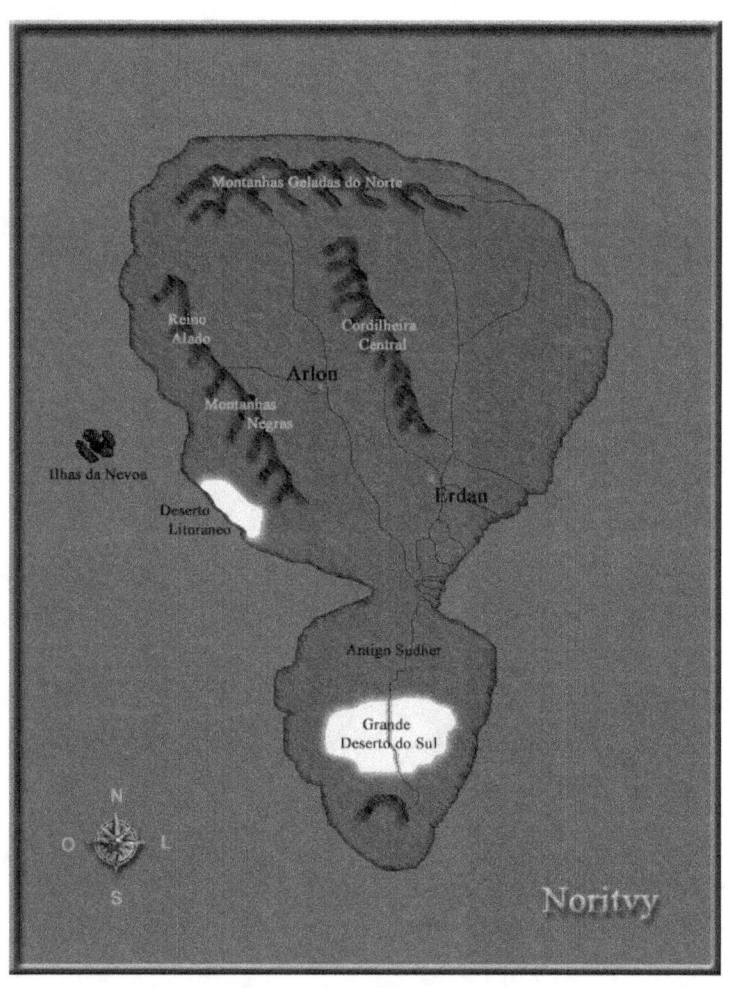

# 1. A VIAGEM

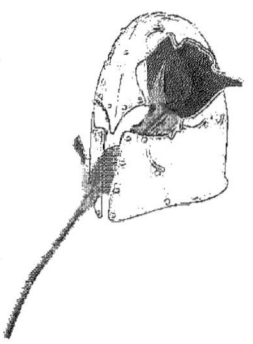

*Eu sou o cavaleiro branco,* foi o que veio à mente de Lucca enquanto malhava. *Mas como fui esquecer isso? Algo tão importante... Penso nisso depois, agora tenho que ir para casa tomar banho para me encontrar com o pessoal.*

Lucca terminou a série de exercícios, se alongou e saiu. Chegando em casa, tomou banho e rumou para a praia de Ipanema, onde três jovens esperavam por ele: Bernardo, cabelo castanho claro, quase loiro, com a pele queimada de sol e de aproximadamente vinte e dois anos, e duas garotas de São Paulo. — Renata, cabelo castanho escuro, liso, aparentando uns dezessete anos; e Rubi, cabelo castanho claro, levemente ondulado, de cerca de dezesseis anos.

— Isso são horas? — falou Bernardo. — Até eu que moro longe cheguei antes...

— Ah, Bê, não enche o saco, ok? — respondeu Lucca.

— Bê, não. Só eu posso chamar o Bê de Bê, tá? — disse Renata.

— Sim, senhora... — disse Lucca, rindo.

— Aliás, seu Lucca, belo guia você está me saindo, hein? Tinha que ter chegado mais cedo... — disse Rubi, num misto de reclamação e brincadeira.

— Ora, vocês não têm o Bernardo com vocês? Ele também é do Rio e...

Antes que Lucca terminasse a frase, teve um estalo ao olhar para Rubi; todas as lembranças que ainda estavam nubladas na sua mente voltaram instantaneamente.

— Lucca, você está bem? — perguntou Rubi. — Geralmente é difícil fazer você ficar quieto, mas de repente ficou mudo...

— Nada não, Rubi, nada não... — respondeu Lucca.

A praia seguiu normalmente, mas ficou claro para os outros três que havia algo de errado com Lucca. Ao cair da tarde, foram todos para a casa dele tomar banho e se arrumar, pois pensavam em sair à noite. Aproveitando que estavam sozinhos no quarto de Lucca, Rubi resolveu ter uma conversa séria com ele.

— Fala... — disse ela. — Fala logo... O que há?

— O que há o quê? — disse Lucca. — Não tem nada pra falar...

— Não? Como não? — replicou Rubi. — Você está estranho desde que bateu o olho em mim...

— Olha, se eu te contar você não acredita — disse Lucca.

— Pois bem, começa, quem sabe você não me convence? — insistiu a moça.

Diante da insistência dela, Lucca começou a contar tudo, ou pelo menos tudo de que se lembrava. Logo, Renata e Bernardo entraram no quarto atraídos pelas gargalhadas de Rubi.

— Que foi, Rubi? — perguntou Renata, logo ao entrar — Por que você está rindo desse jeito?

— É que o Lucca pirou... — respondeu Rubi, ainda rindo.

— Grande novidade... — falou Bernardo. — Até parece que vocês não sabem disso...

— Mas dessa vez ele pegou pesado... — insistiu Rubi. — Vai lá, Lucca, conta pra eles o que você me contou...

— Infelizmente, tempo é algo escasso... Será mais pratico eu demonstrar...

Lucca levou a mão ao peito e apertou. Por um breve instante, desapareceu, mas logo reapareceu no mesmo lugar. Bernardo parecia tranquilo diante daquilo, mas tanto Rubi quanto Renata estavam bastante assustadas.

— Co... co... como você fez isso? — perguntou Rubi, assustada.

— I... i... isso mesmo... como? — reiterou Renata.

— Vai, Lucca, conta para elas que truque você usou — disse Bernardo, num tom relaxado.

— Em primeiro lugar, eu não sou o Lucca; sou um clone mágico dele, e isso não foi um truque.

— Se não foi, quer dizer que aquilo que o Lucca me contou é verdade? — perguntou Rubi.

— Sim, exatamente. Mas creio que devo explicar aos outros, de forma resumida, o que está ocorrendo. Magia é a explicação de tudo. O universo não é tão simples como vocês imaginam... Na verdade, é um multiverso formado por várias dimensões paralelas, cada uma abrigando um universo diferente. Cada dimensão é semelhante à outra, com quase o mesmo numero de estrelas e planetas, somente com algumas pequenas diferenças. A exceção é uma dimensão que é conhecida como Nexo, que envolve todas as outras e de onde emana toda a magia. Dizem que quem controlar Nexo controlará todas as dimensões e, quem sabe, todo o multiverso, claro, se a pessoa tiver capacidade para isso. É verdade, acreditem: no passado, Lucca fez parte de um grupo de jovens deste mundo recrutados por um mago de um mundo paralelo para lutar contra as forças do mal que queriam tomar o controle de Nexo. Saíram vitoriosos, mas a vitória teve um triste preço... — disse o clone.

— Qual? — perguntou Rubi.

— A amada de Lucca, a princesa élfica Ardriel, faleceu na última batalha... — respondeu o clone. — Mas ele acredita que ela está viva e está disposto a ir atrás dela...

— Mas ela está ou não? — perguntou Renata.

— Não há provas, mas como eu sou criado para pensar e agir como ele, também acredito nisso...

De repente, o clone sumiu por um instante e Lucca reapareceu no lugar dele.

— Quem é você agora? — perguntou Bernardo. — Lucca, o clone, ou você vai inventar mais alguma baboseira pra nos enrolar?

— Sou o Lucca, o original, e sei de tudo que o clone conversou com vocês...

— Sério? Como? — insistiu Bernardo, num tom incrédulo.

— Bem, o clone é criado para substituir a pessoa enquanto ela estiver fora e fazer com que ninguém repare em sua ausência. Assim que a pessoa retorna, ela absorve as memórias do clone. E pelo jeito, vocês ainda têm algumas ressalvas, não é mesmo? Então acho que só tem uma maneira de provar a vocês que não estou louco nem mentindo.

Lucca abriu a mão e mostrou três joias brilhantes. Ele entregou uma a cada um dos três.

— E como isso prova alguma coisa, Lucca? — perguntou Renata.

— Bem, essas são pedras focais, joias mágicas que permitirão a vocês irem para a outra dimensão, assim como eu — respondeu Lucca.

— E não é perigoso? — perguntou Rubi. — Afinal seu gêmeo, clone ou o que seja disse que a sua namorada até morreu ou foi dada como morta lá...

— Não, visto que a gente só vai em espírito. Se fossemos de corpo e alma, aí sim, seria perigoso, dependendo de onde a gente fosse... — respondeu Lucca.

— Hein? Só em espírito? — disse Bernardo. — Aí já é demais...

— Eu estou falando sério... — Lucca se defendeu. — Nosso corpo original fica numa espécie de transe protetor dentro de Nexo enquanto um corpo novo é criado para nós na outra dimensão. Quando voltamos para cá, este é transportado para Nexo.

— Tá, e o que acontece se morrermos lá? — questionou Rubi.

— Vocês vão ficar pelo menos cinco anos sem conseguir acessar a dimensão para aonde estamos indo, pois esse é o tempo mínimo que os dons regenerativos de Nexo levam para reverter a morte do seu corpo mágico... E então? Vocês vêm ou não? — disse Lucca.

— Eu topo — falou Rubi. — Tô curiosa pra conhecer esse outro mundo...

— Pra mim, é tudo invenção sua, mas, pra não estragar o seu show, eu aceito — disse Bernardo.

— E se o Bê topou, eu também topo — completou Renata.

— Certo, certo. Agora segurem as pedras em suas mãos, fechem seus olhos e repitam as palavras que eu pronunciar.

Os três fizeram como Lucca mandou; quando tornaram a abrir os olhos, viram que o cenário à sua volta havia mudado. E não só isso, a aparência deles também estava diferente. As meninas haviam se tornado mais altas, e todos, sem exceção, haviam se tornado mais fortes, sendo que o cabelo castanho de Lucca e o dourado de Bernardo estavam mais compridos, presos num rabo de cavalo.

— O que houve conosco? — perguntou Rubi. — Nossa aparência mudou e sinto como se subitamente tivesse adquirido novos conhecimentos.

— Eu também, sem falar que todos nós, à exceção do Lucca, estamos com orelhas pontudas... — concordou Bernardo.

— Ah, Bê, eu pessoalmente achei que você ficou uma graça assim... — comentou Renata.

— Você também ficou muito bonita, Rê, ficou, sei lá, com um ar radiante... — disse Bernardo, sorrindo.

— Sério? — perguntou Renata, sem graça.

— Sim... — respondeu Bernardo.

Os dois se beijaram, enquanto Lucca fazia uma cara de deboche como se fosse enfiar o dedo na goela para vomitar.

— Aliás, seu Lucca... — falou Rubi. — Você ainda não respondeu à minha pergunta...

— Bem, é tudo relativo às pedras. As que entreguei a vocês já traziam raças pré-escolhidas para seus corpos aqui, no caso, a raça dos elfos, porque têm um transito mais livre em todas as áreas civilizadas; e traziam também conhecimentos pré-determinados combinando com suas personalidades. A pedra que te entreguei, Rubi, te deu conhecimentos que te permitirão ser uma grande guerreira, o que combina com você, uma menina tão decida e brava quanto doce. A pedra que entreguei ao Bernardo permitirá que ele se torne um bardo, com certas habilidades ladinas, o que combina com ele, visto que gosta de bancar o furtivo de vez em quando, além de cantar. Já para a Rê, que é igualmente furtiva e gosta tanto de animais e de natureza, entreguei uma pedra que permitirá a ela se tornar uma *ranger*, guerreira que tem os lugares selvagens como seu ambiente favorito — explicou Lucca.

— É, até que você escolheu direito — disse Bernardo.

— Mas e quanto à aparência? Não foram só nossas orelhas que mudaram...

— Ai, a culpa é de vocês... — disse Lucca. — As pedras espelharam os seus desejos, e vocês têm a aparência que gostariam de ter. Eu mesmo sou bem mais forte aqui do que no mundo real...

— Certo. E agora? O que vamos fazer? — perguntou Rubi.

— Vocês, se quiserem, podem voltar, mas eu vou atrás da minha Ardriel. Ela está viva e vou achá-la, custe o que custar. Já me disseram que é loucura, mas sinto que está e não vou desistir enquanto não achá-la — respondeu Lucca.

— Acredito. E vou com você. Acho que é isso que você

espera de nós, não é mesmo? Que a gente te ajude, né? — falou Bernardo.

— Bê?! Você acredita mesmo nele? — perguntou Renata, incrédula.

— Sim, acredito, acredito no amor que pode unir duas pessoas de tal maneira a ponto de criar um vinculo eterno entre eles. E se o Lucca diz que sente que ela está viva, acredito sim... e irei com ele, se ele quiser — respondeu Bernardo.

— Também vou — disse Rubi. — Afinal, eu sempre quis participar de uma grande aventura; não corremos risco de vida, nossa ausência não será notada e detesto histórias de amor com fim triste...

— Se vocês vão, acho que não me resta escolha senão ir também, não é mesmo? — disse Renata, resignada.

— Fico feliz em ter a companhia de vocês, mas, antes de partimos em busca da Ardriel, temos que conseguir armas e equipamentos para vocês. Por sorte, conheço um ótimo ferreiro... — disse Lucca.

Com um gesto, invocou um feitiço que os transportou para uma vila, mais precisamente para junto de uma casa onde se lia, numa placa: "Sieg, o ferreiro. Armas boas por preços razoáveis".

## 2. A FAMÍLIA

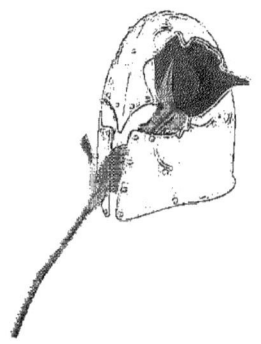

— Esse ferreiro é realmente bom, Lucca? — perguntou Bernardo.

— É sim, é meu irmão — respondeu Lucca.

— Qual? Aquele que a gente conheceu lá no Rio? — indagou Rubi.

— Não, outro, meu meio-irmão... Mas vamos deixar as fofocas sobre a minha família de lado e entrar logo, ok? — disse Lucca.

Os quatro entraram na oficina e o lugar se parecia a muitos do mesmo tipo na Terra. De um lado havia um forno, do outro uma bigorna com equipamentos. Uma linda elfa loira veio recepcioná-los. Se espantou ao ver Lucca.

— Lukhz? É você mesmo? — perguntou a elfa.

— Sim, Liliana, sou eu sim... O meu irmão está? — perguntou Lucca.

— Está, e vai ficar feliz em revê-lo. Esperem aí que vou chamá-lo.

Liliana se retirou para os fundos da oficina.

— Lukhz? Que história é essa de Lukhz? — perguntou Renata.

— E, aliás, quem é ela? – emendou Bernardo.

— Calma, calma, uma coisa de cada vez... Bem, Lukhz é o meu nome aqui. Tem o mesmo significado do que o meu nome real: Luz. E a moça, a Liliana, é a minha cunhada, a esposa do meu irmão — respondeu Lucca.

— Realmente, apesar de ser teu irmão, tenho que admitir que ele tem bom gosto — comentou Bernardo.

Renata não disse nada, só deu um tapa no braço de Bernardo e olhou sério para ele.

— Ai, desculpa, Rê, mas só falei a verdade, é claro que acho você muito mais bonita... — falou Bernardo.

— Sério, Bê?

— Sério, Rê.

Os dois se beijaram enquanto Lucca fazia uma cara de deboche.

— Ué... irmão, pelo que me lembro, você e a Ardriel não costumavam ser menos melosos, não...

Todos se voltaram na direção de onde vinha a voz. Era um elfo alto, forte, com cabelos longos num tom dourado escuro e uma barba rala, deixando claro que, apesar de elfo, tinha sangue humano; afinal, os elfos puros eram naturalmente imberbes.

— Ah, não exagera, a gente não costumava ser tão meloso assim. Eu não a chamava de Ard, Ardinha, ou coisa que o valha, nem ela me chamava de Lulu ou Luk — respondeu Lucca.

— É, não chamava, e ia pegar mal se chamasse — disse Sieg, rindo. — Aliás, que mal educado eu sou que nem me apresentei! Sou Siegfried Bianchi, irmão mais velho do Lucca, ou como ele é conhecido aqui, do Lukhz, mas podem me chamar de Sieg. E vocês, quem são? — perguntou Sieg.

— Eu sou Bernardo e esta é a minha namorada, Renata — respondeu Bernardo.

— Ou Bê e Rê, mesmo — interviu Lucca.

— Eu já disse que só eu posso chamar o Bê de Bê, Lucca! — reclamou Renata.

— E eu, sou a Rubi, a única sã do grupo — e ao ver que os outros três riam, emendou: — Hei, por que vocês estão rindo? Aliás, Sieg, por que o Lucca trocou de nome aqui?

— Porque o nome dele era meio difícil de ser pronunciado. Assim como vocês, à exceção de você, Rubi, terão que trocar seus nomes. Consigo pronunciar porque sei português, mas os outros acharão difícil, com certeza — explicou Sieg.

— Como se Lukhz fosse fácil... — comentou Bernardo.

— Para os nativos daqui, é. Mas deixemos isso de lado por enquanto. Agora, preciso das medidas de vocês e também que me digam quais são as suas habilidades, ok?

Sieg se retirou por um instante e voltou acompanhado de Liliana; tirou as medidas de Bernardo e ela de Renata e de Rubi. Antes de começar a trabalhar, Sieg puxou Lucca para o canto e tiveram uma breve conversa. Sieg prosseguiu enquanto os quatro foram para o pátio da casa esperar pelas armas. Liliana estava lá, cuidando de algumas crianças élficas.

— São seus sobrinhos? — perguntou Renata.

— Quase todos... — respondeu Lucca.

— Como assim, quase todos? Qual ali não é? — indagou Bernardo.

— Está vendo aquela menininha ali, com o cabelo castanho claro, a única que não é loira? — disse Lucca. — É minha filha.

— Sua o quê? Filha?! — disse Bernardo. — Você só pode estar brincando. Quem seria a louca que teria uma filha com você, à exceção de sua princesa perdida?

— Não, não estou. E mais respeito com quem não se encontra mais entre nós. A mãe dela morreu de parto... — respondeu Lucca, num tom sério.

— Opa, foi mal, não sabia... — disse Bernardo.

— E então, Lucca? O que você está esperando para nos apresentar a sua filha? — perguntou Rubi, tentando quebrar o clima.

— Ela não sabe que é minha filha... — respondeu Lucca.

— Como não? — Rubi se espantou.

— Ela nasceu depois que eu perdi a memória, e, como eu disse antes, a mãe morreu no parto. Desde então, Sieg e Liliana a têm criado — disse Lucca. — O Sieg acabou de me contar isso quando me chamou para o canto.

— E o que você está esperando para falar com ela? — perguntou Renata.

— Tenho medo de que ela me rejeite, não entenda o porquê de eu ter passado tanto tempo fora — respondeu Lucca.

— Não fale bobagem — disse Bernardo. — Ela tem o que, uns quatro anos?

— Sim, exatamente — confirmou Lucca.

— Pois bem, você acha que uma criança de quatro anos vai te perguntar coisas como "Onde você esteve" e por aí vai? Que vai estar traumatizada e não vai querer falar com você? Se ela ainda tivesse uns dez anos, teria certa noção de tudo, vá lá, mas quatro... Ela nem sabe o que é trauma, como vai ter um? Deixa de bobagem e vai lá. Você fica dizendo que é um poderoso guerreiro, corajoso e etc., mas não tem coragem de falar com uma menina de quatro anos? Deixa de babaquice! — disse Bernardo.

— Olha, eu não seria tão dura como o Bê foi, mas concordo com ele, Lucca — emendou Renata.

— Se você quiser, vou junto com você... — se ofereceu Rubi.

— Certo, mas primeiro deixa eu falar com a Liliana pra saber a opinião dela. Ela pode querer preparar minha filha antes, mas, de qualquer maneira, eu agradeceria se você fosse comigo, Rubi — respondeu Lucca.

— Ok, por mim, perfeito — disse Rubi.

Lucca caminhou até Liliana. Conversou rapidamente com ela, que assentiu com a cabeça. Lucca voltou para junto dos outros três enquanto Liliana falava com a menina num canto.

— E então? — perguntou Rubi

— Ela vai conversar com minha filha para prepará-la, e logo que terminar, vai nos chamar — respondeu Lucca.

— Aliás, qual o nome dela, hein, Lucca? — Rubi tornou a perguntar.

— Galawel, que significa "Beleza Salvadora" — disse Lucca.

— Galawel? E o meu nome é que é difícil... — resmungou Bernardo.

— Lucca, acho que ela está nos chamando — interrompeu Rubi.

— Certo — disse Lucca.

Os dois caminharam até Galawel; Liliana se afastou para que pudessem conversar melhor. Lucca se agachou para falar com a menina, olhando nos olhos dela.

— Oi, eu sou a Ga — falou a menina. — Você é o moço que a tia Lili falou que é meu pai?

— Sim, Galawel, sou seu pai. Me desculpe eu não ter aparecido antes, mas é que eu tive que fazer uma viagem muito longa — respondeu Lucca.

— É, a tia me falou... Mas agora você vai ficar, né? Vai ficar pra cuidar de mim? — perguntou Galawel.

— Sim, agora eu vou cuidar de você, isto é, se você quiser... — respondeu Lucca.

— Claro que quero, pai. Posso chamar você de pai? — disse a menina.

— É óbvio que pode, filha... — disse Lucca, emocionado. Abraçou Galawel e a pegou no colo. Ao ver Rubi ao lado dele, Galawel perguntou sorrindo:

— Você é a minha mãe, moça? Suas orelhas são como as minhas...

Rubi ficou encabulada e não conseguiu responder. Lucca, gargalhando, é que respondeu:

— Não, filhota, esta é a tia Rubi, uma amiga do papai...

— Oi, tia! — disse Galawel. — Eu sou a Ga.

— Eu sei. Mas por que Ga? É seu apelido? — perguntou Rubi.

— Não, é porque meu nome é difícil mesmo, tia, aí me chamam de Ga —respondeu a menina, sorrindo.

Bernardo e Renata se aproximaram.

— Lucca, o teu irmão tá te chamando — disse Bernardo.

— Está bem, já vou, só deixa eu pedir para a Liliana cuidar da Galawel — respondeu Lucca.

— Não precisa, Lucca, se você deixar, cuido dela com prazer — interferiu Rubi. — E a Rê me ajuda, né?

— Claro, agora vão logo ver o que o Sieg quer — disse Renata.

Lucca entregou Galawel, que ainda não saíra do seu colo.

— Você vai se comportar direitinho e obedecer à tia Rubi, tá bom, Galawel? — recomendou Lucca.

— Tá, pai! Vou obedecer à tia — respondeu a menina.

Bernardo e Lucca caminharam até a oficina.

— E então, irmão, o que houve? — perguntou Lucca.

— Bem, acho que terminei — respondeu Sieg, e, após puxar um pano que cobria uma mesa, emendou: — E então, que tal?

Sobre a mesa, jaziam três conjuntos de peças metálicas. Embora não se pudesse dizer que fossem armaduras, logo se via que eram feitas para proteger os pontos vitais de um guerreiro, mas sem limitar em quase nada o movimento deste.

— Perfeito, irmão. De que são feitas? — perguntou Lucca.

— Andei trabalhando numa liga de aço e prata. Não chega a ser tão boa quanto a da tua armadura, mas está próximo disso — respondeu Sieg.

— Estou é impressionado com a leveza delas — disse Bernardo, que tinha pegado uma peça na mão. — Você já tinha dito que a sua armadura era leve e coisa e tal, mas achei que fosse mais uma história sua.

— Sei, por que será que não me impressiono ao ouvir que você duvidou de mim? Agora vá chamar as meninas para experimentarem as peças — retrucou Lucca.

Bernardo foi, e logo experimentavam tudo. O rapaz agora vestia um traje típico de bardo, com uma camisa larga cinza clara, porém de mangas curtas — que disfarçava o fato de ele usar uma blusa de cota de malha por baixo — uma calça larga, cinza escura, botas de couro com uma adaga presa na direita e um cinto de couro que prendia uma espada curta. Além disso, trazia um alaúde pendurado às costas.

Rubi, por sua vez, trajava uma armadura adaptada para poder combinar o máximo de agilidade ao máximo de proteção; trazia um escudo preso nas costas e na cintura uma grande espada de cabo dourado trabalhado.

Já Renata vestia um peitoral de couro sobre a blusa verde-claro de mangas curtas, uma saia de couro grosso e reforçado por placas de metal, botas que iam até quase o joelho — na esquerda, estava presa uma adaga — e munhequeiras de couro revestido com peças metálicas, que, mais tarde ela descobriria, seriam fundamentais para a mão não tremer na hora de usar o grande arco que agora trazia preso às costas.

Os três também traziam capas com capuz presas às costas, com a única diferença de que as de Bernardo e Rubi eram de cor cinza, enquanto a de Renata era verde-musgo. Ao verem que estava tudo perfeito, os quatro, acompanhados de Sieg, resolveram partir em busca de mais pistas do paradeiro de Ardriel. Antes de ir, Lucca foi se despedir da filha.

— Filhota, o papai vai ter que viajar rapidamente, mas juro que volto, em breve, pra te buscar. Enquanto isso, obedeça à tia Liliana, certo? — disse Lucca.

— Tá bom, papai, mas não demora, tá? — disse Galawel. Acabou de falar e deu um beijo na bochecha de Lucca.

Os cinco invocaram um feitiço de teleporte e partiram.

## 3. O herdeiro

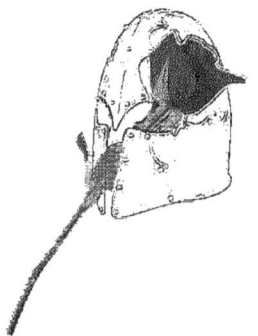

Reapareceram à frente de um grande castelo, todo constru-
ído de pedras cinzentas; era rodeado por um fosso grande
e largo e possuía cinco grande torres, duas junto à muralha
frontal e três atrás. Ao redor do castelo, tendo este como centro e protegida por uma muralha circular, se estendia uma
grande cidade cujas casas eram, na maioria, construídas com
a mesma pedra usada no castelo e na muralha.

— Hei, Lucca, onde estamos? — perguntou Rubi.

— Na frente do castelo do meu sogro — respondeu
Lucca.

— É? Ficamos na mesma... — falou Bernardo.

— Ai, ai. Está bem. Estamos na frente do Castelo Real
do Reino de Erdan, situado na cidade de mesmo nome. Está
bom agora? — disse Lucca.

— Real? Você disse "real"? — perguntou Renata, es-
pantada.

— Sim, eu não tinha dito que a Ardriel era uma princesa? É um tanto lógico que o pai dela seja um rei, não? — respondeu Lucca.

— Dizer você disse, quer dizer, seu "clone mágico" disse, mas, pessoalmente, achei que fosse mais um dos seus exa-
geros — disse Bernardo.

— Eu nem tinha me ligado nesse detalhe — disse Renata.

— Desculpe interromper a conversa de vocês, garotos, mas vamos entrar — interrompeu Sieg. — Aliás, Rubi, eu gostaria que você me fizesse um favor...

— Qual? — ela perguntou.

— Você se importaria de subir o capuz da sua capa e esconder o seu rosto por enquanto? — perguntou Sieg.

— Não, não me importo — respondeu Rubi. — Mas por quê?

— O porquê eu te revelarei mais tarde, certo? — disse Sieg. — Mas obrigado pela sua colaboração.

Os cinco caminharam até o portão, mas antes que pudessem passar foram parados por um grupo de guardas.

— Parem! — disse um dos guardas. — Quem são vocês e o que querem?

— Eu sou Siegfried Bianchi, sobrinho do rei, este é meu meio-irmão, Lukhz Bianchi, campeão do Reino de Arlon, e estes são nossos companheiros. Estamos aqui porque o rei me convocou — respondeu Sieg.

— Ah, sim, fomos avisados de que o senhor e sua comitiva chegariam hoje — falou o guarda, visivelmente assustado com a revelação de quem eram os visitantes. — O rei os aguarda, queiram me seguir por favor.

— Isso não será necessário, conheço o caminho — disse Sieg.

Atravessaram o portão, subiram uma escadaria e entraram num grande salão, decorado com varias pinturas e um grande tapete que ia de uma ponta à outra. Sieg caminhava à frente, sério e impassível. Logo atrás, vinham Bernardo e Renata, de mãos dadas, admirando a beleza das pinturas. Por fim, vinham Rubi e Lucca, cochichando.

— Afinal, esse rei que nós vamos conhecer é seu sogro ou seu tio? E que história é essa de "campeão do Reino tal"? — perguntou Rubi.

— É, boa pergunta! — disse Renata, que havia escutado e resolvera se intrometer na conversa.

— Se preparem porque aí vem uma das "longas histórias de amor e bravura" do Lucca — disse Bernardo.

— Calma, uma pergunta por vez. Não, o rei Tauron não é meu tio, só é tio do Sieg, pois é viúvo de uma irmã da mãe do Sieg, que é meu irmão por parte de pai. E sou o campeão do Reino de Arlon, governado pelos tios da Ardriel porque ganhei o torneio que escolheria o campeão, só isso — respondeu Lucca.

— Ah, governado pelos tios dela? Tem certeza de que você ganhou, Lucca? — perguntou Bernardo, maliciosamente.

— Sim, eu ganhei, Bernardo, naquela época eu nem era namorado dela ainda — respondeu Lucca, sério.

Os quatro pararam de conversar ao notar que Sieg não estava mais indo em frente, tinha parado diante de uma grande pintura. Se virou para eles e disse:

— Rubi, lembra que eu te disse que te explicaria o porquê do capuz mais tarde? Pois bem, eis aí a explicação...

Enquanto dizia isso, Sieg apontou para a pintura. Era um quadro imenso, onde se via a imagem de uma bela dama élfica, de pele bem clara, cabelos castanho-avermelhados levemente ondulados e vestida com trajes nobres.

— É a Rubi! — espantou-se Renata.

— Não, não é, mas se parece muito com ela... — murmurou Bernardo.

— Realmente, igual a mim não é! Mas bem que dava pra dizer que era uma irmã ou uma prima distante... — comentou Rubi.

— Afinal, quem é? — perguntou Bernardo.

— É a Ardriel... — respondeu Lucca.

— A sua Ardriel? — perguntou Rubi, incrédula.

— Sim, ela mesma. Foi por isso que na praia, quando te vi, terminei de recobrar minha memória... ao te ver, Rubi, me lembrei do rosto dela — disse Lucca, um tanto emocionado.

— Realmente, dá pra entender por quê — disse Renata.

— Rubi, vamos entrar agora no salão do rei. Por favor, mantenha o capuz levantado até segunda ordem, ok? Não quero dar um susto desnecessário no meu tio — disse Sieg.

— Certo, farei como você está pedindo — respondeu Rubi.

Os cinco atravessaram o imenso portal dourado do salão real. No fundo da sala, sobre um pequeno palco, havia um trono e sentado nele estava um elfo, cujo olhar sério e cabelos prateados indicavam que já havia vivido muito mais tempo do que se poderia supor. Ao lado dele, em pé, havia um elfo magro, de cabelos escuros, com um rosto pálido marcado por grandes olheiras.

— Pois bem meu tio, me chamaste e aqui estou — disse Sieg, que se adiantara. — E os meus companheiros são...

— Depois tu me apresentas eles, Sieg, embora eu já conheça um deles. Agora, temos assuntos mais importantes a tratar — interrompeu Tauron.

— Então fale logo, meu tio, já que tem tanta pressa — disse Sieg.

— Bem, desde o sumiço de vossa prima, o conselho de nobres vem me pressionando para nomear um herdeiro substituto. Normalmente, eu simplesmente os ignoro, mas, desta vez, eles têm razão. Assim, resolvi seguir o exemplo do meu irmão Tiron, que sempre demonstrou mais sabedoria do que eu — disse Tauron.

— Certo, e o meu tio quer alguma sugestão minha? — perguntou Sieg.

— Não, na verdade, eu gostaria de saber se tu aceitarias ser meu herdeiro —respondeu Tauron.

— Eu? Mas, meu tio, eu já sou o "herdeiro substituto" de Arlon. Além disso, embora eu o chame de tio até hoje, não há nenhum elo sanguíneo entre eu e o senhor — disse Sieg.

— Na verdade, sobrinho, eu e meu irmão Tiron sempre tivemos a meta de unir nossos reinos. Originalmente, isso se daria através da Ardriel, que é herdeira minha e dele; embora ela tenha desaparecido, não estou disposto a adiar esse projeto, e acho que tu tens sabedoria e conhecimento suficiente para a missão — disse Tauron. — Quanto aos laços sanguíneos, bem, tu deverias saber que para nós, elfos, os laços contraídos através do matrimonio têm a mesma importância; assim, no momento em que me casei com vossa falecida tia passei a ser vosso tio até o fim dos tempos, mesmo que eu me case novamente. E, sendo meu sobrinho, tu és o meu parente vivo mais próximo, depois de meu irmão e de minha filha e, portanto, já seria meu herdeiro natural na ausência dos dois. E então? Aceitas?

— Não tenho escolha, não é mesmo? Então, aceito, mas fique claro que isso é temporário, pois tenho certeza de que em breve Ardriel estará de volta — respondeu Sieg.

Antes que Tauron conseguisse dizer qualquer coisa, foi interrompido pelo elfo magro que até então estava parado, calado, ao lado do trono.

— Com todo o respeito, majestade, o senhor perdeu a razão? Nomear como seu herdeiro esse elfo impuro, que tem sangue humano nas veias? Sendo que ele nem mesmo é seu parente sanguíneo? O senhor tem outros parentes de sangue além de seu irmão e de sua filha! — protestou o elfo.

— Como quem, por exemplo? Tu, Gingars, por acaso? Só porque és meu primo de segundo grau, achas que tem algum direito aqui? — respondeu Tauron, num tom colérico. — Não é porque lhe nomeei meu conselheiro que lhe dou o direito de questionar minhas decisões. Sim, Sieg tem sangue humano, é verdade, mas é um sangue muito mais nobre que o vosso.

— Mais nobre? O senhor ousa dizer que o sangue de um guerreiro que fracassou ao proteger seus sobrinhos e que cujo fracasso quase lhes custou a vida e a de vossa esposa é mais nobre que o meu? O senhor realmente perdeu a razão. E creio que todo o conselho de nobres irá concordar comigo! — retrucou Gingars.

— Chega! — vociferou Tauron. — Não permito que um verme como tu fales assim. Meça suas palavras antes de dizê-las! Não aceito que fale com desdém de um homem que vale muito mais do que tu. Se eu e meu irmão o perdoamos, que direito tu tens de criticá-lo? Além disso, meu irmão também nomeou Sieg seu herdeiro, e a sabedoria de Tiron é lendária. Ou será que tu irás pôr esta também em duvida? E, por fim, nunca autorizei o conselho a criticar ou contestar minhas ordens. Agora, suma da minha frente e vá convocar o conselho.

— Mas... — balbuciou Gingars.

— Nem mas nem meio mas! Aproveite que estou pedindo para que te retires. Se eu tiver que fazer isso de novo, tu sairás escoltado pelos guardas direto para a masmorra! — disse Tauron.

Vendo que não tinha escolha, Gingars partiu do salão para reunir os nobres do conselho, que estavam hospedados no castelo.

— Bem, Sieg, agora, tu podes me apresentar seus companheiros, embora um deles eu já conheça há muito tempo, não é Lukhz? — disse Tauron.

— Folgo em vê-lo com saúde, majestade... — respondeu Lucca.

— "Folgo em vê-lo"? É impressão minha, ou o Lucca ficou muito formal desde que entrou nesta sala? — sussurrou Rubi para Renata.

— Não, não é impressão, não... — respondeu Renata, baixinho,.

— Eu também me alegro em ver que recuperastes a memória, Lukhz. Nunca concordei com a decisão de Eukhadi de bani-lo, achei meio precipitada, até porque eu também acredito, assim como tu, que Ardriel está viva e espero que a encontres em breve. Agora, vamos às apresentações... — disse Tauron, sorrindo.

— Claro, claro — concordou Sieg. — Estes são Bernardo, o bardo, Renata, a *ranger*, amada de Bernardo, e Rubi, a guerreira.

— Bernardo? Renata? Não são bons nomes para este mundo — disse Tauron, e, sorrindo, emendou: — Acho que vou ter que rebatizá-los, assim como meu irmão no passado rebatizou Lukhz e seus antigos companheiros. Você, rapaz, será Berd, o bardo, e você, mocinha, será Rehna, a *ranger*. Quanto à última, creio que não precisa ser rebatizada, mas eu gostaria de ver seu rosto, se fosse possível...

— Agora? — perguntou Rubi para Sieg.

— Sim, agora — respondeu Sieg.

Rubi abaixou o capuz revelando o rosto. Tauron olhou para ela assustado, e só depois de certo tempo conseguiu falar:

— É impressionante como a senhorita é parecida com a minha filha. Aliás, se quisesse, poderia se passar por minha filha — disse Tauron.

— Se o senhor diz... — disse Rubi, sem graça.

— Na verdade, tive uma ideia... — disse Tauron. — Sieg, leve-os até a ala de hóspedes, instale-os e depois volte aqui. Quero conversar contigo a sós.

— E o conselho, que o senhor mandou convocar? — perguntou Sieg.

— Eles que esperem um pouco — disse Tauron, num tom sério.

Após Sieg ter mostrado os quartos, retornou para a conversa a sós com o tio; depois, a pedido do rei, foi convocar Lucca e Rubi.

— Senhorita... – disse Tauron ao ver Rubi entrar na sua sala, acompanhada de Lucca e Sieg. — Eu gostaria de pedir-lhe um favor.

— Pois bem, peça, Majestade, e, se estiver ao meu alcance, atenderei com prazer — respondeu Rubi.

— Eu gostaria que te passasses por minha filha, por uma filha que eu teria criado em segredo, e ratificasses publicamente minha decisão de nomear Sieg meu herdeiro — disse Tauron.

— Se o senhor acha que isso dará certo, aceito — disse Rubi.

— O senhor não está se precipitando, não? — falou Lucca, se intrometendo. —Não dará certo. Sieg, você concordou com isso?

— Concordei. E dará certo porque você será noivo dela — disse Sieg.

— Eu, hein? Bebeu? Já sou noivo da Ardriel — disse Lucca, espantado.

— Lukhz Bianchi é noivo da minha filha Ardriel. Mas o Cavaleiro Branco é solteiro. Será mais fácil para o conselho acreditar, se um grande herói como o Cavaleiro Branco se apresentar como noivo de Rubi — explicou Tauron.

— Agora fui eu que não entendi nada... — interrompeu Rubi. — O Lucca não é o Cavaleiro Branco? Como é que vão achar que são duas pessoas diferentes? Por acaso "Cavaleiro Branco" é uma espécie de identidade secreta?

— Identidade Secreta? — repetiu Lucca e, após dar uma sonora gargalhada, disse: — Sim, Rubi, seria uma espécie de identidade secreta, sim. O Cavaleiro Branco é um herói lendário por aqui. Já existiram três cavaleiros brancos neste mundo, mas há gente que acredita que foram todos uma pessoa só, o que significa que ele seria, literalmente, um herói imortal. Claro que isso não é verdade, mas quando cheguei aqui, o mago e o Rei Tiron acharam que seria melhor não tornar pública a identidade do Cavaleiro Branco, o que me daria mais liberdade para investigar quando estivesse sem armadura.

— Mas como você faz quando está vestido de Cavaleiro Branco? Não tira o capacete nunca? — perguntou Rubi.

— Na verdade, tiro, mas me valho de um feitiço para impedir que as pessoas reconheçam aquele rosto como o de Lukhz Bianchi — respondeu Lucca.

— Ah, já entendi, você usa um feitiço para mudar seu rosto, é isso, né? — disse Rubi.

— Na verdade, é um feitiço de não reconhecimento, mesmo. Aqueles que sabem a verdade veem meu rosto como ele é. Os que não sabem, também o veem como ele é, mas não conseguem reconhecê-lo, só isso — disse Lucca.

— Desculpe se interrompo a vossa conversa, mas tenho pressa. Então, Lukhz, aceitas fingir, como Cavaleiro Branco, ser o noivo da minha "filha caçula"? — perguntou Tauron.

— Sim, para o bem geral, eu aceito — respondeu Lucca.

— Então, já que estamos todos de acordo, sigamos até a outra sala, onde o Conselho nos aguarda.

— Certo, majestade, mas antes creio que devo me vestir adequadamente para tal reunião — acrescentou Lucca.

— Claro, claro. Trouxestes tua armadura? — perguntou o rei.

— Na verdade ela se encontra no meu quarto, mas devido à pequena distância, creio que posso materializá-la aqui sem problemas — respondeu Lucca.

Após dizer isso, Lucca recitou algumas palavras em élfico antigo e logo uma majestosa armadura, em tom prateado claro, quase branco, com uma grande cruz azul no peitoral, se materializou sobre o seu corpo.

— Agora sim, estou pronto — disse Lucca, sorrindo.

— Está bem, então vamos! — disse o rei.

Os quatro caminharam até a sala ao lado, tendo Tauron à frente, Sieg logo atrás e, por último, Lucca e Rubi.

## 4. Lukhz e Ardriel

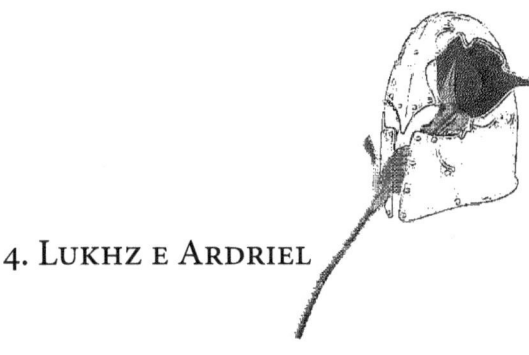

— **V**ós deveis estar esperando o motivo desta convocação, não é mesmo? — disse o rei ao conselho. — Pois bem, resolvi indicar um novo herdeiro, como a muito vós pedíeis. E será Sieg, meu sobrinho, creio que vós já o conheceis, se não ao vivo, pelo menos de nome. E aviso, como já disse a Gingars, que minha decisão não está sujeita a aprovação. Esta reunião é apenas para comunicar-vos o fato, não para pedir vossa opinião. E tem mais uma coisa que eu gostaria vos dizer. Rubi, por favor, queira se adiantar e descobrir seu rosto, por favor...

Atendendo ao pedido do rei, Rubi deu um passo e abaixou seu capuz. O conselho todo, e até mesmo Gingars, olharam para ela, espantados.

— Esta, meu caros nobres, é minha filha caçula, Rubi, criada em segredo e de cuja existência vos faço agora cientes, e só faço isso para que ela dê seu aval à minha decisão — disse Tauron.

— Sim, como disse o meu pai, nosso rei, estou aqui para dar meu aval à decisão dele. Minha irmã Ardriel foi preparada para ser rainha, eu não. E na ausência dela, creio que meu primo terá muito mais condições de governar do que eu — disse Rubi.

— E caso algum de vós tenha dúvidas sobre a identidade dela, quero que escuteis a palavra de alguém acima de qualquer suspeita. Por favor, rapaz, adiante-se — complementou o rei.

Lucca saiu da penumbra onde se encontrava, tirou seu elmo e, usando uma entonação mais grave que a de costume, falou:

— Creio que todos aqui presentes sabeis quem sou e assim posso pular a parte das apresentações. Confirmo as palavras de vosso rei. Esta dama élfica é filha dele e, além disso, gostaria que soubésseis, é minha noiva, por quem tenho bastante afeto. Qualquer dúvida acerca da identidade dela será tomada por mim como uma ofensa pessoal, e não recomendo a nenhum de vós que me tenhais como inimigo.

Após dizer isso, Lucca caminhou na direção de Rubi e a beijou, respeitosamente, na testa, como se quisesse demonstrar a todos o carinho que tinha por ela.

— Bem, após as palavras do Cavaleiro Branco, creio que não há mais nada a ser dito, e assim declaro esta reunião encerrada — proclamou o rei. — Os senhores estão dispensados. Inclusive tu, Gingars. Ah, e antes que me esqueça, estás dispensado permanentemente, Gingars, não és mais conselheiro deste reino.

Atendendo ao pedido, nobres e Gingars deixaram a sala. Se alguém pudesse escutar o que ele murmurava, teria escutado algo mais ou menos assim: "Dispensado! Isto e essa nova herdeira, atrelada a este heroizinho, só atrapalham meus planos, mas não ficará assim, eles ainda vão ouvir falar de Gingars, ah, se vão..."

Horas depois, Rubi procurava por Lucca para conversar e acabou por encontrá-lo, pensativo, na sala de reuniões.

— O que você está fazendo aí? — perguntou ela.

— Pensando — ele respondeu.

— Que você está pensando é óbvio, mas em quê?

— Estava me lembrando da primeira vez em que eu e Ardriel nos beijamos...

— Sério? Legal! Me conta, por favor...

— Tem certeza de que você quer ouvir?

— Claro!

— Tá bom, então. — Lucca começou seu relato.

Tudo começou um dia que estávamos viajando, só nós dois. Já havia passado a fase de implicância que houvera no início e já estávamos até nos dando muito bem. Por um descuido meu, dois ladrõezinhos haviam roubado um camafeu que pertencera à mãe da Ardriel. Corremos atrás deles, mas conseguiram escapar. Me sentindo muito culpado, virei para ela e disse: "Se pudesse, te daria todos os tesouros do mundo para compensar a tua perda, mas como não posso, ofereço minha espada e minha fidelidade." Ela respondeu: "Aceito tua espada e tentarei ser digna da honra que me é oferecida, de ter alguém nobre como tu como meu servidor."

Ela se virou de costas para mim e disse: "Tu sabes que não podes mentir para mim, já que me ofereceste a tua espada, certo?"

"Claro", respondi.

Então, diga-me algo: "Achas que existe alguém neste mundo que seria capaz de me amar pelo que sou e não pelo titulo que ostento?"

"E por que não haveria, senhora? A senhora..."

"Tu."

"Hã?"

"Me chame de tu. Acho que já nos conhecemos o suficiente para abandonarmos esta formalidade."

"Certo, tu. Bem, retomando o que eu dizia, a senhora, quer dizer, tu és uma elfa corajosa, decidida, que não teme os que se opõem a ti, pelo contrário, os enfrenta e, além de tudo, és bela como a mais bela das flores.

"Eu? Uma flor? Só se eu for como esta flor aqui no chão, bela, mas coberta de espinhos. Tu achas que não sei do que me chamam por trás? 'A princesa geniosa', 'a chata real', 'a princesa insuportável'. E quer saber? Estão certos, sou cheia de espinhos, sim. Acabo ferindo até àqueles que tentam se aproximar de mim. Me lembro inclusive de como te tratei e aos teus companheiros logo que os conheci e vocês, mesmo assim, cumpriram sua missão de me escoltar sem reclamar. Sei que tenho um gênio horrível, que há certos dias em que sou insuportável. Não sei como vocês estão me aturando há tanto tempo."

Naquele momento eu nada disse, só me abaixei, colhi a flor que jazia no chão tomando cuidado para não me ferir nos espinhos, mostrei-a para ela na minha mão e disse: "Até uma flor com espinhos pode ser apreciada de perto, basta saber como lidar com eles. Não vou te mentir. Há certos dias em que és realmente difícil de se lidar, mas todo mundo tem dias assim, só que uns mais e outros menos, apenas isso."

Ela voltou a ficar de costas para mim e com a voz um tanto embargada, disse: "Tu és gentil comigo, gentil até demais. Responde-me uma coisa, mas sê realmente sincero: Diante do teu voto, se eu te ordenasse que me amasses, o que tu farias?"

"Atenderia ao teu pedido e não seria nenhum sacrifício, pois te amo desde o primeiro momento que te vi; embora no início nem eu tivesse ideia, hoje tenho certeza."

Como ela nada respondeu, me posicionei perante ela, que abaixou a cabeça como se não quisesse me olhar nos olhos.

"Minha sinceridade te desagradou? Desculpe se fui direto demais, mas é algo que eu precisava dizer. Façamos o seguinte: esqueçamos essa conversa e voltemos a ser os amigos que éramos."

Em vez de responder, ela me abraçou, posicionou o rosto ao lado do meu, e, com uma voz claramente embargada, sussurrou no meu ouvido: "Obrigada por estar aqui. Obrigada por existir e por me amar."

Ela se afastou um pouco e me olhou sorrindo, enquanto lágrimas escorriam dos seus olhos. Depois se aproximou e me beijou na boca. Foi um beijo intenso e apaixonado, cheio de esperança..."

— E assim foi nosso primeiro beijo — disse Lucca, encerrando a história.

— Que fofo! — comentou Rubi. — Mas por que você se lembrou disso agora?

— Por quê? Vamos até a janela que te mostro — disse Lucca.

Os dois caminharam até a janela. Lucca apontou para uma criança aparentemente humana de cabelos claros, que brincava com alguns servos no pátio.

— Quem é aquela criança, Lucca? — Rubi perguntou.

— Aquele garoto é Aron, filho adotivo da Ardriel — respondeu Lucca.

— Filho adotivo da Ardriel? E o que isso tem a ver com as suas lembranças? Já sei. Você olhou para ele e se lembrou dela...

— Exatamente. Além disso, há quatro anos eu prometi a ele que encontraria a mãe dele e falhei.

— Peraí, você não falhou. Você foi impedido de cumprir a promessa, só isso.

— Concordo com ela, rapaz... — disse Tauron, que havia entrado na sala sem ser notado. — Tu não tiveste culpa e acredito que tu ainda vais cumprir tua promessa. Mas não foi para te dizer isso que te procurei.

— Foi para quê, então, majestade? — perguntou Lucca.

— Foi para te avisar que já se completaram cinco anos que foste escolhido campeão de Arlon e que está sendo promovido o festival durante o qual enfrentarás o teu desafiante; como campeão, deves estar lá — respondeu Tauron.

— É, realmente, agora que o senhor falou é que me lembrei. É verdade, tenho que ir logo. Tenho que avisar o Bernardo e a Renata de que temos que ir — disse Lucca.

— Não te preocupes, rapaz, já fiz isso. Eles já estão prontos, só esperando por vós — disse o rei.

— E o Sieg? Não vai? — perguntou Rubi.

— Meu sobrinho tinha outros assuntos a tratar, minha jovem — respondeu Tauron. — Ah, e antes que eu me esqueça, deixem-me vos entregar isso. São passes com o meu lacre real, que darão a vós livre passagem pelos reinos amigos.

O rei entregou a Rubi três pergaminhos.

— Este é para ti, Rubi, e os outros para Berd e Rehna. Lukhz não precisa, pois já é campeão de Arlon. Agora, ide — ordenou o rei.

Os dois se despediram e partiram para arrumar suas coisas. Na saída, já no estábulo, encontraram Bernardo e Renata.

— Vocês sumiram, hein? — disse Bernardo. — Será que se empolgaram com a ideia de fingir que eram noivos?

— Sei... Pelo que me consta, Bê, quem sumiu um tempão no jardim do Palácio foram você e a Rê... — respondeu Lucca, num tom provocativo.

Após um certo silêncio, Rubi tentou quebrar o gelo:

— Vamos parar de provocação e ir logo, né, gente? Não temos tempo a perder.

Os quatro montaram nos cavalos e partiram rumo ao portão. Quando estavam chegando lá, Lucca avistou Aron ao lado de um servo. Desmontou do cavalo e foi falar com o garoto.

— Eu sei que já te prometi isso há quatro anos e não cumpri, mas, acredite, garoto, desta vez acharei tua mãe, custe o que custar — prometeu Lucca.

— Acredito em você, acredito que vai conseguir, até o vovô acredita — disse o garoto, sorrindo. — Agora vai lá e traz a minha mãe, ok?

— Certo...

Lucca montou no cavalo e logo os quatro retomaram a jornada.

— Até que o garoto é simpático — comentou Rubi, depois que haviam deixado Aron e o castelo para trás.

— Gostou, foi? — disse Lucca, num tom malicioso. — Aproveita que ele já tem doze anos...

— Ora, Lucca, bebeu? Eu tenho dezesseis, ele tem doze... — respondeu Rubi.

— Ué, não foi você que outro dia tava defendendo o direito de mulheres mais velhas se envolverem com homens mais novos? — disse Lucca.

— Isso lá é verdade, Rubi, eu também ouvi você dizer isso — afirmou Bernardo.

— Até você, Bê? Fala sério. Só falta você também concordar com eles, Rê — disse Rubi.

Quando Rubi olhou para Renata e a viu segurando o riso, incapaz de responder, chicoteou o cavalo e saiu em disparada na frente. Lucca cavalgou atrás dela.

— Opa, peraí, Rubi, a gente tava brincando. Você sabe que a gente gosta de você, guria. Achei que isso já estivesse claro, e que, brincadeiras à parte, somos todos seus amigos, aconteça o que acontecer — disse Lucca, num tom sério.

— Sabe que, apesar das besteiras que diz, até que você é bem fofo quando quer? — disse Rubi, sorrindo.

— Fofo, o Lucca? Fala sério — disse Bernardo, que, junto com Renata, os alcançara. — Se o Lucca é fofo, eu sou bonito.

— Mas você *é* bonito, Bê! — disse Renata.

— É, você tem razão, esqueçam o que eu disse... — falou Bernardo.

— Tá, em vez de ficarmos discutimos a minha "fofura", que tal cavalgarmos mais rápido? Porque, nesse ritmo, não alcançaremos a próxima estalagem até o anoitecer — disse Lucca.

— Ok, mas eu ainda não entendo por que você não quis nos teleportar desta vez, Lucca... — comentou Renata.

— Porque achei que seria bom para vocês irem conhecendo um pouco melhor este mundo, aproveitando que temos tempo suficiente para viajar a cavalo até o Reino de Arlon — respondeu Lucca. — Mais alguma pergunta?

— Sim — disse Bernardo. — Que droga é essa de "Campeões da Justiça" que está escrito nos passes que o Rei Tauron nos deu?

— "Campeões da Justiça"? — repetiu Lucca.

— Sim, está escrito aqui no meu pergaminho: "Peço passe livre e suporte para o portador deste passe, que vem a ser Berd, o bardo, que com Rehna, a *ranger*, Rubi, a guerreira, e o Cavaleiro Branco, forma o grupo de aventureiros Campeões da Justiça." — disse Bernardo.

— Ah, isso? — disse Lucca, rindo. — Tauron me perguntou se o nosso grupo já tinha um nome, porque, antigamente, eu e meus companheiros éramos conhecidos como "Guardiões do Nexo"; eu disse que não, aí ele se ofereceu para bolar um nome e saiu isso aí. Antes que reclamem, concordo que é horrível, mas agora, já era. Não podemos fazer uma desfeita a ele, o jeito é a gente se virar com esse nome mesmo. Agora, chega de papo e mais velocidade.

Os quatro começaram a cavalgar mais rápido e, ao anoitecer, já avistavam a estalagem.

## 5. Água de fogo

Deixaram os cavalos no estábulo e se dirigiram até a estalagem propriamente dita. Enquanto os outros se sentavam, Lucca foi negociar os quartos para passar a noite. Feito isso, se juntou aos outros.

— Bem, só consegui dois quartos, com duas camas cada um. Sugiro que os homens fiquem num e as mulheres no outro — disse Lucca.

— Não vejo por que não posso dividir um quarto com a Rê — retrucou Bernardo.

— Bê, é melhor ficar como o Lucca propôs, ok? — disse Renata.

— Mas... — Bernardo tentou se defender.

— Mas, nada, depois eu explico, tá, amor? — interrompeu Renata.

— Tá bem — concordou Bernardo. — Aliás, Lucca, não se come por aqui, não?

— Calma, quando estive no balcão, aproveitei para pedir uma bebida para mim e um cardápio também — respondeu Lucca.

— E você pediu para beber o quê, Lucca? — perguntou Rubi.

— Uma caneca de água de fogo — disse Lucca.

— Tá, ficamos na mesma — falou Renata.

— Água de fogo é uma bebida de uvas feita aqui, um meio termo entre vinho e *grappa*, a aguardente da uva — explicou Lucca.

Nesse momento chegou a atendente com uma grande caneca metálica e um cardápio escrito num bloco de tiras de couro.

— Posso provar, Lucca? — perguntou Rubi.

— Pode, mais vai com calma, a água de fogo é extremamente forte para os elfos, daí o nome — respondeu Lucca.

— Hum, é gostosa, parece um suco de uva mais "picante" — disse Rubi, após provar a bebida. — Atendente, vê uma para mim também!

— É boa mesmo, Rubi? — pergunta Renata.

— É, sim, muito gostosa! — respondeu Rubi.

— Então também vou querer uma caneca — disse Renata. — E você, Bê, vai beber o quê?

— Eu? Acho que vou acompanhar vocês, já que a Rubi disse que é bom, se tivesse sido o Lucca, provavelmente eu pediria outra coisa... — respondeu Bernardo.

— Então são três canecas, tá? — pediu Rubi para a atendente, que anotou também o que queriam comer e logo voltou com uma grande bandeja, trazendo a comida e as canecas de bebida. Os quatro conversaram animadamente noite adentro.

— Gente, olha só como vocês estão "alegrinhos". Acho melhor daqui a pouco vocês pararem — disse Lucca.

— Olha só quem fala — retrucou Bernardo. — Você já bebeu mais do que todos nós.

— Realmente, mas estou mais acostumado a beber água de fogo do que vocês, sem falar no fato de que sou meio-elfo e assim, menos suscetível aos efeitos da bebida — lembrou Lucca.

— A discussão de vocês está engraçada, mas onde é o banheiro, Lucca? — perguntou Rubi. — É que a bebida está querendo sair...

— Viu o que eu disse? Em outra situação, a Rubi teria sido mais sutil, mas isso não importa. E é aquela porta à direita.

Rubi se levantou e foi até a porta indicada. Na volta, quando estava chegando à mesa, um homem a agarrou.

— Me larga, seu nojento... — reagiu Rubi e, após dizer isso, deu uma joelhada no saco do agressor. Logo se viu cercada por um bando de bêbados, amigos do homem que ela atingira. Mas antes que algum dos bebuns fizesse qualquer coisa, Lucca chegou por trás deles e disse:

— Se querem brigar, covardes, briguem comigo e não com uma mulher. Ou será que vocês têm medo?

— Vamo brigar e vamo limpar o chão com a sua cara, meio-elfo — respondeu um deles.

— Isso é o que vamos ver, mas lá fora — disse Lucca.

Lucca saiu da estalagem seguido pelos arruaceiros. Ao mesmo tempo, Renata cutucou Bernardo.

— Bê... — falou. — Vai lá fora ajudá-lo.

— E precisa, Rê? Ele comprou essa briga... — respondeu Bernardo.

— Claro que precisa, ele fez isso para ajudar a Rubi! Agora vá — disse Renata.

— Tá bom, mas só porque você pediu... — concordou Bernardo.

Nesse meio tempo, Lucca já estava cercado por cinco adversários, aparentemente homens, um tanto mal vestidos — as vestes denotavam que eram camponeses retornando de uma venda de colheita e tinham resolvido beber para comemorar. Lucca conhecia bem o tipo, eram os típicos arruaceiros de estalagem de beira de estrada, bêbados que, por estarem em bando, achavam que podiam tudo, e adoravam criar confusão com elfos.

O primeiro partiu para cima dele armado de um bastão, mas ele apenas se desviou, se valendo do fato de a bebida deixar os reflexos do bandido mais lentos, e o levou a nocaute com um único soco, jogando o adversário no jardim que havia na frente da estalagem.

Logo, já enfrentava um novo inimigo, mais um bêbado que tentava ter sucesso onde o primeiro fracassara. O que ele não sabia é que outro arruaceiro estava prestes a atacá-lo por trás, num típico ato covarde de quem reconhece que não pode ganhar uma luta de maneira limpa; mas, antes que o último se desse bem, ouviu-se uma melodia e o bandido ficou paralisado. Lucca tratou de nocautear o segundo e se voltou na direção da música.

— Bernardo! O que você faz aqui? — perguntou ele.

— O que lhe parece? Salvando você, ora bolas — disse Bernardo. — Se não fosse eu e minha melodia você teria sido atacado por trás...

— Sei... e você acha que eu não tinha reparado no cara vindo? — retrucou Lucca. — Aliás, o cara que você paralisou está começando a se mexer...

— Não seja por isso... — disse Bernardo. E se abaixou, pegou um pedaço da grade do jardim quebrada por Lucca na primeira luta, e, como se fosse um taco, acertou a cabeça do bandido que antes havia paralisado com a música, nocauteando-o antes que conseguisse se mexer livremente.

— Ah, Lucca, será que você pode chegar a cabeça um pouco pra esquerda? — perguntou Bernardo.

— Sim, claro — respondeu Lucca. — Mas pra quê?

Sem responder nada, Bernardo arremessou uma adaga que foi girando no ar e bateu com o cabo na testa de outro inimigo que tentava atacar Lucca por trás.

— Pronto — disse Bernardo. — Dois a dois.

— É impressão minha ou você matou o cara? — perguntou Lucca.

— Não, só o acertei com o cabo. Sei que, mais cedo ou mais tarde, posso acabar matando alguém, mas enquanto eu puder evitar, o farei a todo custo — respondeu Bernardo.

— Sei — disse Lucca. — Bem, acho que cabe a mim desempatar o jogo.

Lucca se agachou, pegou uma pedra e a acertou bem no meio da testa do último bandido — que se aproximava deles correndo como um touro bravo, trazendo uma grande clava na mão.

— Venci — disse Lucca.

— E quem estava contando? — perguntou Bernardo. — Agora vamos voltar lá para dentro que as meninas estão nos esperando.

Os dois voltaram para a taverna e a noite prosseguiu sem maiores problemas. Quando começavam a pensar em se deitar, Bernardo puxou Lucca para um canto e teve uma longa conversa com ele. Lucca foi pagar a conta enquanto os outros já se dirigiam para os quartos. Quando chegou ao seu quarto, teve uma surpresa.

— Rubi! Tá certo que o Bernardo pediu para a gente dividir um quarto para ele poder dormir com a Rê, mas realmente é necessário você dormir com essa camisolinha?

— Dormir? — respondeu ela, com uma voz um tanto pastosa, que deixava claro o seu estado alcoólico. — O que eu menos pretendo fazer essa noite é dormir... Chega de esperar pelo Tony, chega de procurar um príncipe encantado! Vou me contentar com um cavaleiro mesmo, como você...

— Você não pode estar querendo aquilo que acho que você está, né? — perguntou Lucca.

— Ora, Lucca, o que você acha? Você sabe bem o que eu quero... — disse Rubi.

— Não, Rubi, peraí... Você está bêbada! Não pode querer que eu leve a sério o que você disse, né? — reclamou Lucca.

— Claro que quero — disse Rubi. — Mas se você não quer, não tem problema,  arranjo alguém lá embaixo que queira.

— Alguém lá embaixo? — disse Lucca, assustado — Não é para tanto... Se você faz tanta questão assim, eu aceito. Mas antes quero um abraço... Será que pode ser?

Rubi não respondeu, só foi até ele e o abraçou. Lucca aproveitou para pressionar um ponto junto ao ombro dela que a fez desmaiar em seus braços. No dia seguinte, Rubi acordou amarrada na cama, enquanto Lucca dormia sentado numa tina.

— Alô! Lucca! Dá pra me tirar daqui? Dá pra me desamarrar? Que ideia foi essa? — gritou Rubi.

— Hã... foi mal... — bocejou Lucca. — Mas você não se lembra de nada? Não faz ideia de por que está aí?

— É óbvio que não, senão não estaria perguntando.

— Você se lembra de quando eu falei que a bebida era forte e você não deu bola?

— Sim...

— Bem, você ficou de porre e tentou me agarrar.

— Eu???

— Sim! Aí eu fingi que topava e te nocauteei. Como eu tava a fim de dormir e tava com medo de que você acordasse e fizesse alguma asneira, como tentar me agarrar ou pegar algum bebum que estivesse lá embaixo, resolvi te amarrar. Entendeu agora?

— Entendi — disse Rubi, envergonhada. — Mas por que você estava nessa tina com água?

— Originalmente era uma tina com gelo... Bem, sabe como é, ninguém é de ferro, a carne é fraca e a tentação, com todo o respeito, era enorme...

— Ah... Bem... Vamos mudar de assunto... O Bê e a Rê dormiram juntos? Aliás, enquanto você me explica, que tal me desamarrar?

— Ok...

Lucca se levantou e desamarrou Rubi

— Respondendo à sua pergunta: sim, dormiram. Mas não se preocupe, eu conjurei um grande número de camisinhas, direto do nosso mundo, até porque ia dar um rebu gigantesco caso a Rê engravidasse aqui...

— Como assim? Algo a mais do que ela ficar grávida?

— Sim, algo a mais, sim. Bem, ela ficaria grávida somente aqui, não no outro lado. E a gravidez só iria se desenvolver enquanto o corpo dela deste mundo estivesse aqui, isto é, a cada vez que ela voltasse para o outro mundo e o corpo dela daqui fosse para o limbo, a gravidez ficaria congelada...

— Entendo... Mas, e você e a Ardriel, não pretendiam ter filhos?

— No nosso caso era diferente. Quer dizer, é, afinal de contas ela não morreu, só desapareceu. Nossas joias são duas pedras focais originais.

— E?

— Bem, eu nunca mencionei, mas as pedras focais tentam igualar os corpos, isto é, se aqui você se imaginou mais alta, mais magra, pode ter certeza de que quando voltar à Terra começará a perder peso com facilidade e crescerá até as dimensões se equivalerem. Só que as pedras originais fazem isso de uma forma radical. Se uma mulher engravida aqui, engravidará lá também. E a gravidez não estaciona. Continua normalmente, não importa se ela troque de mundo constantemente. E, o mais bizarro, a criança nasce com dois corpos... Então, para a Ardriel, não teria problema...

— Mas para a Rê teria, né?

— Não seria bem um problema, mais uma complicação, mas, sim, não seria algo muito bom, não... Não se preocupe, o Bernardo não estava tão bêbado assim para se esquecer de usar a camisinha. Espero.

— Eu também. Que tal trocarmos de roupa para tomarmos café?

— É uma boa ideia.

— Então, com licença, vou me trocar no banheiro. Você pode se trocar aqui mesmo.

Os dois trocam de roupa e desceram. No salão de refeições, encontraram Renata e Bernardo, que com um ar de felicidade imenso estampado em seus rostos.

— Estou vendo que noite foi boa, hein? — disse Lucca, rindo. — Usaram os "presentes" que eu dei pra vocês?

— Nem imagina o quanto usamos... A noite foi maravilhosa — respondeu Bernardo. — E a de vocês, também foi boa?

— Ô, maravilhosa, dormi sentado num saco de gelo e Rubi amarrada na cama — disse Lucca. — Talvez, na próxima vez que eu disser que uma bebida é forte, vocês acreditem em mim. E você, Renata, gostou tanto quanto o Bernardo?

— Desiste, ela não vai responder. Ela adorou, mas está morrendo de vergonha do que fez, disse que não faria se estivesse sóbria. Mas, no fundo, gostou — disse Bernardo, sorrindo.

— Rê... — disse Rubi, se intrometendo, na conversa — O que eles são?

— Pooooooooooooooooooooorcos imprestááááááááááááveis! — gritaram as duas ao mesmo tempo, e logo depois começaram a rir.

Depois do café, prosseguiram viagem. Algum tempo depois, já avistavam as primeiras muralhas da capital do Reino de Arlon.

# 6. ARLON

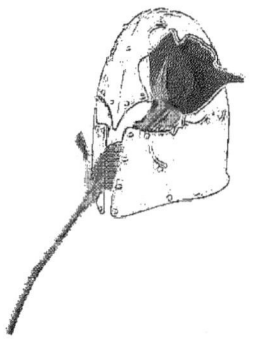

O quarteto de amigos já estava chegando perto da muralha quando várias sombras passaram por cima deles.

— Grifos — esclareceu Lucca.

— Grifos? — perguntou Renata.

— Sim, mas não um bando de grifos qualquer — disse Lucca.

Em seguida, cavalgou na direção do bando e soltou um assobio bem forte. O líder do grupo, um grande grifo de pelagem cinzenta, olhou para ele, mas continuou voando como se não se importasse com o chamado.

Não se dando por contente, Lucca saltou do cavalo, caminhou até a borda de pequeno precipício que havia ao lado da estrada, assobiou novamente para os grifos e se jogou. Quase que instantaneamente, o grande grifo cinza se jogou atrás dele e o trouxe de volta, recolocando-o montado na garupa do animal junto aos demais, que haviam parado com os seus cavalos.

— Está maluco, Lucca? — perguntou Rubi.

— E se o grifo não tivesse ido te pegar? — completou Renata.

— Porra, cara, até eu fiquei preocupado contigo... — disse Bernardo.

— Calma, gente. Este grifo é o Flecha, minha antiga montaria aqui, quatro anos atrás. E eu sabia que, embora ele estivesse magoado com o meu sumiço, não deixaria que eu me machucasse — explicou Lucca.

— E se ele resolvesse deixar, hein, Lucca? — perguntou Rubi. — O que você faria?

— Bem, aí eu teria que usar um truquezinho que aprendi, para flutuar. Só que o Flecha nunca me viu fazer isso.

— Aliás, Lucca, é seguro andar perto disso aí? Ele já lambeu o bico umas duas vezes enquanto olhava para nós... — disse Renata.

— Relaxa... Na verdade, ele tava olhando para os cavalos. Sabe como é, grifos adoram carne de cavalo. E ele é manso... Vocês não querem experimentar fazer um cafuné nele? — perguntou Lucca.

Ninguém se ofereceu.

— Poxa, que os outros não confiem em mim, eu até entendo, mas nem você, Rubi? — perguntou Lucca.

— Ah, tá bom, tá bom... Já que você insiste...

Rubi caminhou em direção ao grande animal e estendeu a mão para a grande cabeça dele. O grifo se deitou, de modo que ela pudesse alcançar o topo. Ela fez um cafuné e o animal ronronou, como se fosse apenas um gato.

Depois de refeitos do susto e de um breve descanso, o grupo seguiu até a capital de Arlon, tendo Lucca agora montado em seu grifo.

Rubi, Bernardo e Renata ficaram maravilhados com a beleza da cidade pontuada de várias torres de mármore. O contraste com relação a Erdan era evidente. Embora fosse uma cidade limpa e organizada, ainda assim Erdan era uma cidade de visual austero, como se fosse uma grande fortaleza militar. Já Arlon possuía ruas largas, arborizadas, limpas, casas de pedra polida que brilhavam ao sol. Um permanente murmúrio fazia com que as ruas parecessem pulsar de vida.

— Lucca, essa cidade é linda! — disse Rubi.

— Como é mesmo o nome dela? — perguntou Renata. — Você só disse o nome do reino.

— Deixa eu adivinhar... — se intrometeu Bernardo. — O reino se chama Arlon e os elfos daqui não são exatamente criativos... Logo, a cidade deve se chamar Arlon também, certo?

— Correto, Bernardo — respondeu Lucca. — Mas não é por falta de criatividade, não, é que a maioria dos reinos daqui surgiu como cidades-estados e sendo assim...

Antes que Lucca completasse a frase, começaram a passar por eles vários guardas e duas vozes numa intensa discussão podiam ser ouvidas. Rubi olhou para Lucca e notou que ele agora tinha uma expressão séria no rosto.

— Lucca, o que houve? — perguntou Rubi.

— Conheço os donos dessas vozes — respondeu Lucca.

— Se você conhece, por que não corre logo para descobrir o que está ocorrendo? — perguntou Renata.

— Porque eu não quero ver uma das duas pessoas, pois posso acabar brigando com ela — Lucca respondeu.

— E o que o levaria a fazer isso? E afinal, quem são os dois? — perguntou Bernardo.

— Um deles é A-Rol, guerreiro alado, capitão de uma tropa de soldados especiais deste reino e meu "ex-discípulo", a quem treinei e de quem me orgulho. O outro é Mar'Shell, na verdade, Marcelo, meu antigo companheiro de aventuras aqui e um dos que conspiraram para que eu fosse banido há quatro anos — respondeu Lucca.

— E, obviamente, é nesse que você pensa em bater — disse Bernardo.

— Deixa de besteira, Lucca... — falou Rubi. — E qualquer coisa, a gente segura você...

— É isso mesmo. Agora vamos, porque parece que daqui a pouco vai sair briga — completou Renata.

Os quatro rumaram em direção aos gritos. Viram dois guerreiros alados discutindo, cercados por um bando de soldados atônitos, sem saber se deviam interferir ou não. Um dos guerreiros, mais alto e mais magro, trajava um uniforme militar vermelho e branco com detalhes em dourado; tinha cabelos escuros, cortados curtos. O outro era mais baixo, de cabelos loiros, com uma ligeira barriga; usava um traje de batalha chamativo, como se quisesse deixar claro a todos que o viam que era uma pessoa poderosa e importante.

— Eu já disse, Mar'Shell, você não é bem-vindo aqui e deve partir! Você traiu o campeão do reino e ainda achava que seria bem recebido? — disse A-Rol, o guerreiro mais alto e mais magro.

— E eu já expliquei que estou aqui como representante do Rei dos Ahatars. Além disso, quem vai me expulsar, você?

— Não... eu! — disse Lucca, interferindo na discussão.

— Calma, Lukhz, não se meta, deixa que eu resolvo isso — disse A-Rol.

Antes que Lucca respondesse, Rubi o arrastou pelo braço para longe da contenda.

— Lucca, deixa o tal Rol resolver isso. Não vá fazer uma besteira.

— Não se preocupe. Não vou fazer nada. Parece que você não me conhece...

— Eu te conheço, é por isso que me preocupo...

Os dois voltaram para junto do grupo.

— Que coisa feia, Lucca... Para variar, na hora de me encarar, de mostrar que é realmente homem, você se esconde atrás de uma mulher... antes era Elza, depois Ardriel, agora é essa aí. Não pense que não ouvi o que ela te disse. Ajudei a te banir daqui, e daí? Você estava louco, querendo ir atrás de uma pessoa que está morta e querendo nos arrastar junto. Mas, infelizmente, você arranjou outras pessoas para segui-lo na sua loucura. O "Grande Lucca" não pode admitir que falhou em proteger a mulher que amava, não é mesmo? — provocou Mar'Shell.

Lucca não respondeu, mas Rubi, sim.

— Engraçado, você conviveu com Lucca bem mais do que eu, mas ainda assim parece que você não o conhece, pelo menos não tão bem quanto a gente. Você um dia se considerou amigo dele, certo? Como amigo, deveria acreditar naquilo que ele acredita, estar disposto a ir até o inferno por ele, se preciso fosse. Ou, se não acreditasse nele, poderia pelo menos tentar demovê-lo da ideia de que a Ardriel está viva, não simplesmente tramar para apagar a memória dele, o privando até mesmo de lembrar os bons momentos que passou ao lado dela... Sinceramente, sim, tem alguém louco aqui... e com certeza não é o Lucca!

— Ora, sua! — disse Mar'Shell, ao mesmo tempo em que avançava em direção a Rubi.

Na mesma hora Bernardo e Renata, que até aquele momento não haviam falado nada, se interpuseram entre Rubi e Mar'Shell.

— Pode parando aí — disse Bernardo. — Se você vai tocar na Rubi, antes vai ter que brigar comigo. Não me considero amigo do Lucca, apenas colega, e acho que ele me considera da mesma forma, mas não relutei em nenhum momento em vir para cá, em participar dessa busca, e sabe por quê? Porque eu vi o amor e a esperança nos olhos dele enquanto falava da Ardriel, e porque sei que, se estivesse no lugar dele, faria a mesma coisa, iria até o fim do mundo para descobrir o que houve com a mulher que amo!

— É isso aí — concordou Renata. — Diferente de você, acreditamos nele e estamos dispostos a ajudá-lo. Pelo jeito, você nunca foi tão amigo assim, talvez só estivesse junto dele porque era útil pra você, não é mesmo?

— Obrigado, mas não preciso de defesa, não — disse Rubi. — Sei me virar muito bem sozinha!

Rubi passou pelos dois e parou bem na frente de Mar'Shell, segurando firme no cabo da espada. Embora até então não a tivesse usado, a jovem se portava com uma guerreira, estufando o peito e olhando com seriedade para seu adversário que, devido à seu traje e suas atitudes, parecia mais um destaque de carnaval do que um guerreiro. E a diferença de altura entre os dois ainda tornava a cena mais estranha, pois era gritante: a cabeça da guerreira ficava quase um palmo acima da do guerreiro alado.

— E então? O que você ia fazer? Faz agora, se tiver coragem! — provocou Rubi.

Mar'Shell, com uma cara de irritado, ergueu a mão para dar um tapa em Rubi, mas esta foi mais rápida e, se jogando no chão, deu uma rasteira nele. Antes que ele esboçasse qualquer reação, ela se levantou, sacou sua espada e a colocou junto do pescoço dele.

— Acho que o guarda já tinha sido claro com você: você não é bem-vindo aqui, então se manda! — disse Rubi.

— Você é confiante demais, como todos os que o Lucca treina. Talvez esse tenha sido o motivo pelo qual, dos nossos discípulos, só o A-Rol tenha sobrevivido — respondeu Mar'Shell.

Antes que Rubi respondesse, ele a derrubou, também com uma rasteira. Porém, dessa vez, os dois se levantaram ao mesmo tempo. Mar'Shell se preparou para dar um soco em Rubi, mas uma mão conteve o seu braço. Era Lucca, que até então não se pronunciara nem esboçara nenhuma reação.

— Não ouse fazer isso! — disse Lucca e, enquanto falava, começou a torcer o braço de Mar'Shell. — Você pode me xingar, me humilhar, falar todas as asneiras que quiser, mas se ousar erguer a mão contra qualquer um dos três, aí, sim, você vai ter que se entender comigo. E você nunca me venceu em treinos... não me vencerá agora, numa briga para valer. Aceite o conselho da Rubi e caia fora, já!

Lucca empurrou Mar'Shell no chão. Este se levantou, espanou a poeira da roupa, jurou que isso não ficaria assim e alçou voo. A-Rol voou atrás dele para garantir que realmente sairia da cidade.

Em seguida, Lucca se virou para os outros e disse, com uma voz um pouco alterada:

— Obrigado, obrigado por tudo. Obrigado por terem ficado ao meu lado, por acreditarem e confiarem em mim. Agora, que tal aproveitarmos um pouco a feira que está acontecendo na cidade?

— Feira? — perguntou Renata.

— É. Paralelamente ao torneio de escolha do campeão do reino, há uma feira e uma série de torneios menores, como duelos de flechas, de bardos, de espadas...

— Espadas? Desse eu quero participar! — falou Rubi.

— Mostre o caminho, Lucca.

— Aliás, Rubi, quem é mesmo que disse que ia conter o Lucca se ele quisesse brigar? — perguntou Bernardo, maliciosamente.

Rubi não disse nada, só saiu correndo atrás de Bernardo, querendo dar um tapa nele, que ria deliciado. Atrás deles caminhavam Renata, Lucca e seu grifo.

— Devemos interferir? — perguntou Lucca.

— Interfere você, se quiser, eu é que não vou me meter — respondeu Renata.

— Pensando bem, concordo — disse Lucca, sorrindo.

Os dois continuaram caminhando com calma enquanto os outros corriam mais à frente.

# 7. Duelos e torneios

Os quatro seguiam caminhando juntos. Rubi notou que Lucca estava com uma cara triste e perguntou:

— O que houve? Por que essa cara?

— Bateu um *déjà-vu* meio triste agora — respondeu ele.

— Como assim? — insistiu Rubi.

— Bem, essa cena de você correndo atrás do Bernardo e eu e a Renata caminhando mais atrás me lembrou algo que ocorria antigamente. A diferença é que geralmente era o Mar'Shell correndo atrás de mim, enquanto Elza e Ardriel caminhavam mais atrás — explicou Lucca.

— Ah, esquece isso. Nenhum de nós aqui é Elza ou Mar'Shell e ninguém aqui vai te deixar na mão, certo? — disse Rubi.

— Sim — responderam Renata e Bernardo ao mesmo tempo.

— Aliás, Lucca, cuidado para não perder a hora do seu torneio — lembrou Renata.

— Não se preocupe, estou de olho, Renata, mas antes quero ver o que vocês querem fazer — disse o rapaz. — Afinal, vocês não são obrigados a assistir a todas as lutas assim como eu.

— Então, você havia falado de uns torneios. Tem torneio de espadas, mesmo? Se tiver, quero participar! — disse Rubi.

— Tem arco e flecha também? Esse me interessa — completou Renata.

— E eu, claramente, ganharei o concurso de bardos — vangloriou-se Bernardo.

— Certo, certo. Então vamos ver isso logo — finalizou Lucca.

Depois de cuidar das inscrições dos outros, Lucca se dirigiu à arena de duelos. Algumas horas depois, os três se encontraram na entrada da grande arena, já tendo participado de seus respectivos torneios. A-Rol se encontrava na porta.

— Olá! Acho que Lukhz já deve ter falado de mim... Eu sou A-Rol, comandante do Exército Real. O rei em pessoa pediu que eu os guiasse até seus lugares, ao lado da tribuna real. Sigam-me, por favor.

— Junto da Tribuna? — duvidou Bernardo, um pouco sem graça. — Tem certeza?

— Sim, são os melhores lugares, à exceção dos lugares do rei e da rainha, obviamente — confirmou A-Rol. — Agora vamos.

A-Rol os guiou através dos corredores sob a magnífica arena, que fora construída inteiramente em mármore e lembrava um antigo estádio romano, não devendo nada em tamanho ao maior deles. Depois de um tempo caminhando, o grupo entrou em outro corredor que terminava junto às arquibancadas, de frente para a arena propriamente dita. A-Rol os conduziu por uma escadaria até seus lugares. Diferente do resto da arquibancada, eram forrados por um delicado tecido rubro e localizados sob um toldo. Logo acima, debaixo do mesmo toldo, havia dois tronos.

Mal tinham se acomodado em seus lugares quando as trombetas tocaram: eram os soberanos chegando. Os três se ajoelharam em reverência enquanto admiravam as figuras imponentes diante deles. A Rainha Ahmawen era alta, tinha o cabelo bem escuro e comprido, até o fim das costas. Os olhos eram escuros também, mas seu vestido era do branco mais branco que jamais haviam visto, longo e esvoaçante. Tinha pequenas rosas vermelhas bordadas na barra e a rainha exalava o perfume dessas flores. O Rei Tiron, por sua vez, era alto, tinha o cabelo loiro, quase branco, e os olhos de um azul da cor do céu. Seu rosto lembrava muito o de seu irmão Tauron, mas tinha um ar muito mais sereno. Estava vestido para a ocasião com uma cota de malha que brilhava sob o sol e trazia uma espada embainhada na cintura. Cobrindo a cota, havia uma túnica vermelha com o desenho de uma coroa dourada. Além disso, chamou a atenção dos três visitantes o fato de a rainha trazer na cabeça uma discreta tiara prateada, e o rei, uma discreta coroa dourada.

— Levantem-se... — disse o rei. — Levantem-se, Berd, Rehna e Rubi, minha "sobrinha", vocês são meus convidados, não há por que se curvarem diante de nós.

— Isso mesmo, jovens. Levantem-se e nos deem o prazer de sua companhia. É como amigos que os recebemos, e não como servos — completou a rainha.

Os três, um pouco sem graça, atenderam ao pedido, se levantaram e retomaram seus assentos. Logo começaria a grande final do torneio. O adversário de Lucca, um grande cavaleiro de armadura negra, entrou montado num cavalo igualmente negro. Fez um gesto de saudação ao público, outro aos reis e depois entregou a bandeira que trazia presa em sua lança a uma jovem dama que estava na arquibancada.

— Majestade... — começou Rubi, meio sem jeito. — Por que ele entregou a bandeira dele para aquela moça?

— Porque aquela, Rubi, é a dama dele. Aqui, sempre que um cavaleiro vai lutar num torneio, manda a tradição que ele escolha uma jovem para ser sua dama. Pode ser sua noiva, sua esposa, uma parente, dele ou do suserano de sua família, caso esta esteja ligada a alguém por laços de vassalagem. Quando não é a esposa, é geralmente uma moça solteira e, quando é uma moça casada, o marido tem que autorizar primeiro, pois, de acordo com as tradições, o cavaleiro tem a obrigação de defender a honra de sua dama — explicou a Rainha, sorrindo.

— Ah, entendi agora — disse Rubi.

Nesse momento soaram trombetas e um arauto proclamou a entrada do campeão do reino. Lucca montava um cavalo branco e trajava uma armadura prateada clara; tinha presa nas costas uma capa azul, contendo um brasão onde havia uma rosa e uma cruz. Cumprimentou o público, que gritava "Bianchi" e "Cavaleiro Branco" a plenos pulmões, e depois se voltou na direção dos reis. Tirou a bandeira presa em sua lança e a entregou a um pajem, que a levou para a rainha.

— Agora não entendi nada — disse Rubi.

— Nem eu — emendou Renata. — Por que todo mundo está gritando "Cavaleiro Branco"? A identidade do Cavaleiro Branco não é um segredo? A senhora pode nos explicar?

— Claro que posso — disse a rainha, sorrindo. — Ele me entregou a bandeira porque a dama do campeão do reino é a rainha e cabe a ele, na ausência do rei, defender a honra dela. E eles gritaram "Cavaleiro Branco" porque, tradicionalmente, os cavaleiros brancos estiveram ligados à família Bianchi, família do Lukhz aqui neste mundo e no mundo de vocês também, e o público sabe que ele é um Bianchi, atual dono das espadas gêmeas, as poderosas armas usadas por todos os cavaleiros brancos.

— Certo, e que símbolo é aquele nas costas dele? — perguntou Bernardo, se intrometendo na conversa.

— É o símbolo da família Bianchi aqui em Arlon. O azul representa a água, porque o primeiro Bianchi deste mundo, trisavô do Lukhz, que descende do casamento dele lá no mundo de vocês, e também meu avô, pois descendo do casamento dele aqui com uma elfa nobre, era um marinheiro. A cruz é porque ele foi o primeiro Cavaleiro Branco, cujos símbolos, tradicionalmente, são a cruz e a rosa, primeiro presente que meu avô deu para a elfa que veio a se casar com ele aqui — explicou a rainha.

— Desculpe interromper — disse o rei. — Mas a luta já vai começar e sugiro que prestem atenção. Lukhz costuma ser rápido em torneios como este.

— Realmente, majestade — disse Sieg, que acabara de chegar. — Será interessante para eles prestarem atenção à luta.

Na arena, ambos tiraram suas capas e as entregaram a seus pajens, marcando o início do confronto, que começaria com um duelo de lanças. Os dois cavaleiros abaixaram seus elmos e se posicionaram em extremidades opostas da pista. Depois do sinal do juiz, partiram com tudo um em direção ao outro. A lança do adversário de Lucca o acertou em cheio no escudo, derrubando-o do cavalo.

Rubi, Renata e Bernardo assistiram Lucca se levantar com um ar preocupado, mas os reis e Sieg não pareciam demonstrar preocupação alguma. Lucca sacou sua espada e esperou o adversário, que veio com sua espada erguida, pronto a dar um golpe de cima para baixo. Com um movimento rápido, Lucca se desviou, e, com um simples movimento de espada, jogou a de seu rival longe. A força do impacto entre as duas espadas foi suficiente para arrancar o cavaleiro negro de sua montaria.

— Ué, o Lucca não tá usando nenhuma daquelas duas espadas imensas que ele geralmente carrega... — Rubi comentou com Sieg.

— É porque armas mágicas não são permitidas no torneio — respondeu o elfo.

— E aquelas espadas são mágicas? — perguntou Bernardo, intrometendo-se na conversa.

— São. Entre outras coisas, as Espadas Gêmeas (este é o nome oficial delas) são capazes de cortar tudo, e somente aquilo que a pessoa que a estiver empunhando desejar. Isso é algo que ajuda muito o meu irmão em seu voto de não matar elfos e homens, pois ele pode acertar a espada em cheio em seus inimigos que, se não for seu desejo, o golpe não os matará, simplesmente os atravessará como se a espada fosse feita de fumaça.

— Nossa, que legal... mas não é perigoso ele andar com elas por aí? Alguém não poderia tentar roubá-las? E que história é essa de voto de não matar? — perguntou Renata, também se intrometendo na conversa.

— Não há chance de serem roubadas, Renata, porque as espadas sempre retornam para seu dono, bastando ele assim desejar. Além do mais, só podem ser retiradas da bainha por alguém que seja digno de usá-las. E o voto não é só do Lucca: um cavaleiro, para ser chamado de "branco", deve se abster de matar seus semelhantes, no caso do Lucca elfos, meio-elfos e homens. É essa a essência do Cavaleiro Branco, o herói lendário: alguém que traz a justiça, muitas vezes pela força, mas sem matar ninguém.

— Muito legal esse lance de não matar ninguém. Particularmente, também não pretendo matar ninguém, mas, sei lá, dependendo da situação, pode ser que eu não tenha outra saída... — disse Rubi.

— "Prima", para quase tudo há uma saída... e nós podemos trabalhar isso mais tarde, nos seus treinamentos — respondeu Sieg, sorrindo. — Agora sugiro que vocês três voltem a prestar atenção na luta...

Os dois cavaleiros haviam se afastado. Estavam se estudando. O desafiante espanou a poeira de sua roupa, pegou uma poderosa maça que estava num suporte com armas disponíveis para os duelistas e partiu para cima de Lucca, que não se mexeu, como se não fosse se defender; só largou sua espada no chão.

— E agora? O Lucca não vai se defender? — perguntou Rubi para Sieg.

— Calma. Olhe, veja o que ele vai fazer — respondeu o elfo.

O guerreiro avançou com a maça para cima de Lucca, que aparou a arma com uma mão e socou o adversário com a outra, arrancando-lhe o elmo e fazendo com que ele caísse no chão, zonzo.

— Ai! Fraquinho ele, não? — comentou Bernardo.

— Muito — emendou Renata. — Agora entendo porque o tal Mar-qualquer-coisa não quis brigar com ele.

— Shh, vocês dois — reclamou Rubi. — Quero prestar atenção.

Lucca havia tirado a espada do adversário e a mostrava para o público.

— Sieg, afinal, o que ele tá fazendo? — perguntou Rubi.

— Está esperando o julgamento do público antes de emitir o seu próprio — respondeu Sieg.

— Julgamento? Ele não vai matar o cara ou coisa do tipo, como faziam os romanos, não é? — intrometeu-se Renata.

— Não sei quem foram esses tais romanos, jovem Rehna — disse o rei. — Mas nós com certeza não somos bárbaros. O máximo que ele pode fazer é quebrar a espada do adversário, fazendo com que ele perca o direito de duelar em torneios de cavalaria.

— E ele fará isso? — perguntou Renata.

— Difícil dizer. O público provavelmente clamará por isso, pois o adversário dele não teve nenhuma clemência com aqueles que derrotou... e o povo não costuma ser clemente com gente assim; mas Lucca, por outro lado, tende a ser indulgente. Vejamos o que ele vai decidir — respondeu o rei.

Lucca continuava a mostrar a espada para o público, que vaiou, dando a entender que desejava vê-la quebrada. O Cavaleiro Branco, no entanto, a jogou para junto de seu adversário, que começava a se erguer do chão; e dando-lhe as costas, começou a caminhar calmamente para a saída, dando a luta como encerrada. Mas não era o que desejava o outro combatente: pegou a espada e partiu para cima de Lucca com fúria nos olhos. Este, sem se abalar, virou-se e o levou a nocaute com um único soco e, pegando a espada no chão, a quebrou em dois pedaços. Feito isso, se retirou da arena.

— Bem, meus jovens... — disse o rei. — Entendem porque eu afirmei que a luta seria rápida?

— Sim. Só não entendi uma coisa — disse Bernardo. — Aquilo que o camarada fez, de pegar a espada que o Lucca jogara junto dele para atacá-lo... é valido? Ele já não estava derrotado?

— É valido, sim — respondeu o Rei Tiron. — Um adversário só é considerado derrotado quando perde a consciência ou fica desarmado. Ao jogar a espada junto dele, Lucca permitiu que ele se rearmasse e voltasse à luta.

— Mas por que ele fez isso? — perguntou Rubi.

— Ah... isso, meu bem... — disse a rainha — você terá que perguntar a ele quando ele sair do banho e vier aqui para encontrá-los... Querido — continuou ela, se voltando para o esposo — temos que voltar ao palácio agora. Sieg, leve-os depois até lá, como combinado.

— Certo, majestade — confirmou o elfo.

Os reis se retiraram da tribuna real, deixando os quatro para trás.

— Vejo pelos troféus que vocês participaram dos torneios, e foram bem, não é mesmo? — disse Sieg aos três jovens.

— É, ganhei o de espadas, que o Lucca tinha vencido antes — disse Rubi. — Acho que até vou desafiá-lo para um treino mais tarde.

— Perderá seu tempo — disse Sieg. — O Lucca raramente luta com mulheres, só se for questão de vida ou morte. E vocês dois, como foram?

— Eu, como não poderia deixar de ser, ganhei o de bardos... — vangloriou-se Bernardo.

— Mas era óbvio que você ia ganhar, Bê! Além de ser o melhor cantor, é o mais bonito — disse Renata.

— E você, Renata? — perguntou Sieg.

— Fui a única que não saí campeã, perdi para uma tal Linelfa... Ela conseguiu acertar seis flechas seguidas no mesmo ponto.

— Ah, a Linelfa está aqui, é? — comentou Sieg. — Realmente não havia como você vencê-la...

— Quem é essa tal, hein, Sieg? — perguntou Rubi.

— Bem, vocês lembram que o Lucca tinha dois companheiros, certo? Pois bem, um era o Mar'Shell, que eu já soube que vocês conheceram. O outro, bem, era outra... era a Elza, ou Linelfa, como é conhecida por aqui - explicou Sieg.

— Mas ela não deveria estar banida, assim como o tal Mar? — perguntou Renata.

— Sim, mas não está — disse Sieg. — Elza não teve uma participação direta no incidente, só se calou, a pedido de Mar'Shell, que na época era namorado dela. Depois se arrependeu sinceramente e hoje é uma súdita fiel, tendo investigado o paradeiro da Ardriel nos últimos quatro anos. Já passei ao Lucca as pistas que ela coletou, mas não indiquei a fonte, ainda. E por falar em Lucca, ouço pelos passos que ele já está chegando. Então, por favor, não comentem nada com ele sobre a presença de Linelfa aqui, ok?

Os três assentiram com a cabeça. Como Sieg dissera, Lucca logo apareceu na tribuna real, vestindo uma roupa diferente das que havia usado nos últimos tempos. Eram trajes mais refinados: botas que brilhavam como novas, uma calça cinza, larga, à moda dos elfos, mas de um tecido muito mais fino do que as que ele vestia normalmente, uma blusa impecavelmente branca com dois broches no lado esquerdo do peito — um era o brasão dos Bianchi, azul com uma rosa e uma cruz, e outro era o selo real, o que demonstrava que ele era de fato o campeão do rei. Por último, tinha uma capa azul presa à blusa por duas grandes joias douradas, mas, diferente da anterior que ele usava, esta era lisa e com um aspecto de pele de animal, tendo o bordo inferior irregular. Além disso, trazia uma de suas espadas na cintura e outra presa às costas.

— Vocês estavam me esperando, é? — perguntou Lucca. — Foi mal, peço desculpas pela demora, mas tenho que estar impecável para ir até o palácio real. Vamos.

Sem dizer nada acerca de Linelfa, como Sieg pedira, os amigos seguiram Lucca e logo os cinco chegavam ao palácio real de Arlon.

# 8. A DINASTIA

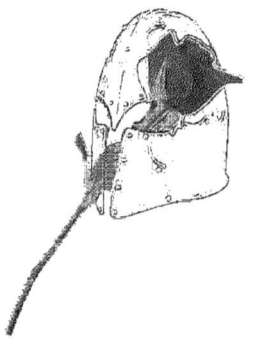

Quando adentraram o palácio, Sieg se virou para Lucca e disse:

— Mostre o palácio a eles. Há algo que preciso conversar com o rei antes de vocês irem ao salão do trono.

— Certo, farei isso — assentiu Lucca.

Sieg seguiu para o salão enquanto Lucca começou um tour pelo castelo. Logo no primeiro corredor havia uma grande tapeçaria com o brasão da casa real, dividido em quatro campos: o superior direito era azul com uma rosa vermelha e, abaixo dele, havia uma faixa onde se lia "*Lux et Veritas*".

— Lucca, eu tô lendo bem? Essa faixa aí está escrita em latim! — se espantou    Bernardo.

— Sim, qual o problema? — respondeu Lucca.

— O problema é que estamos num mundo onde teoricamente ninguém deveria falar latim — disse Bernardo. — Como é possível isso?

— E, aliás, Lucca... — emendou Renata. — Que história é essa da Rainha ter nos contado que vocês são parentes? É por isso que você tem essa rosa no seu brasão?

— Putz, são perguntas demais, calma aí... — reclamou Lucca. — Vocês têm certeza de que querem saber tudo, mesmo?

— Sim — responderam os três, em uníssono.

— Está bem, está bem... Mas se preparem, é uma longa história — disse Lucca.

— Cada vez que você enrolar, ficará mais longa ainda — comentou Rubi.

— Certo... Tudo começou há mil e quinhentos anos no tempo deste mundo. Um grande mal ameaçava tudo e todos, e o grande mago branco daqui, Greyhund, conjurou um ato de magia para convocar alguém que pudesse se tornar um grande guerreiro. O problema é que, como era uma questão de urgência, Greyhund se valeu de um feitiço muito poderoso para procurar o guerreiro em todas as eras deste mundo, mas cometeu um pequeno erro...

— Qual? — perguntou Rubi.

— Como ele tinha pressa, se esqueceu de limitar o feitiço de busca a este mundo aqui e acabou localizando meu trisavô, a uns cento e poucos anos atrás no nosso mundo de origem, naquela época um viúvo de quarenta e poucos anos que trabalhava como carvoeiro num navio na bacia do rio Paraguai, enquanto suas irmãs criavam seus filhos — continuou Lucca.

— Quarenta e poucos? Ele não tava meio "passado", não? — perguntou Bernardo.

— Para nós, sim, mas para um mago capaz de rejuvenescer as pessoas, não — respondeu Lucca. — Greyhund trouxe o meu trisavô para cá e explicou toda a situação para ele. Ele concordou em ficar e se tornou, assim, o primeiro Cavaleiro Branco da história. Com o tempo, se casou com uma elfa e uma filha dele desse casamento é a mãe da rainha. Entenderam?

— Entendemos, mas você ainda não explicou o latim — disse Renata. — E como uma neta do seu avô pode ser uma elfa? Ela não deveria ser uma meio-elfa, pelo menos? Ou será que ele "trocou" de raça quando veio para cá? — perguntou Renata.

— Bem, o fato de ela ser uma elfa é algo simples de explicar: a mãe dela era uma aventureira, apaixonada por um elfo de família nobre, mas a família dele só o permitiria o casamento com alguém da raça élfica. Assim, após ter feito um favor para um bondoso mago, ela pediu para ser transformada em elfa e foi atendida. Quanto ao latim, bem, meu trisavô falava latim e, quando veio para este mundo, trouxe consigo uma bíblia nessa língua. Como ele era uma pessoa muito religiosa, e, como bom italiano, também um bom católico, tratou de ensinar sua religião e também o latim a todos os seus filhos, e estes para os filhos deles, passando assim o idioma adiante dentro da família. Há mil anos deste mundo, quando caiu finalmente o reino criado pelo meu trisavô, o reino de Sudher, o Rei Tauron e o Rei Tiron, ambos casados com herdeiras do reino de Sudher, assumiram o titulo de "Herdeiros de Sudher". O Rei Tiron foi mais longe: colocou a rosa, símbolo de Sudher, dentro do brasão do reino de Arlon, e o lema em latim ao pé do brasão — concluiu Lucca. — Mais alguma pergunta? Ou podemos seguir em frente?

— Por mim, a gente pode ir em frente — disse Rubi.

Com a concordância dos outros dois, o grupo seguiu pelos corredores do palácio. Lucca ia mostrando tudo, enquanto Rubi, Renata e Bernardo se maravilhavam com a beleza e requinte da construção do castelo, que, como os principais prédios da cidade, era todo coberto, por dentro e por fora, de mármore ricamente trabalhado, com entalhes figurativos mostrando histórias e aspectos naturais do reino de Arlon e do resto do mundo.

Logo chegaram a uma galeria com várias pinturas nas paredes. Numa delas, somente pinturas de guerreiros; na outra, retratos variados, de casais, de outros guerreiros e até de famílias.

— Lucca, quem são esses aí na parede? — perguntou Rubi.

— Depende, em qual? — disse Lucca.

— Em ambas, né! — retrucou Rubi.

— Na parede da esquerda, estão os retratos de todos os campeões do reino. Na da direita, retratos variados: aquele ali, por exemplo, é do meu trisavô com sua esposa elfa — esclareceu Lucca, apontando para um quadro à direita, que mostrava um homem de cabelos castanhos e pele clara, vestindo uma armadura igual à do Lucca e tendo ao seu lado uma elfa linda, de cabelos escuros como a noite.

— Gente, eu adoraria me distrair mostrando esses quadros pra vocês, mas o tempo é meio escasso. Façamos o seguinte: vamos em frente, caminhando por este corredor, que vai nos levar à sala do trono; e enquanto caminham, vocês vão vendo os quadros. Se tiverem alguma dúvida, eu explico, ok? — pediu Lucca.

Os três consentiram e seguiram, até que Rubi parou diante de um retrato de Sieg na parede da esquerda.

— Lucca, o que a pintura dele tá fazendo aqui? — perguntou.

— Sieg foi um campeão de Arlon. A data está nessa placa na base da moldura — explicou Lucca.

— Peraí, Lucca... de acordo com esta placa, ele foi campeão daqui há uns duzentos anos... — disse Renata. — Afinal, quantos anos ele tem?

— E que história é essa de ele ser seu irmão? Eu achei que conhecia seus pais... — emendou Rubi.

— Calma, eu explico tudo. Ele é meu meio-irmão, e você conheceu meus pais, sim, Rubi — começou Lucca.

— Tá. Agora explica, e, por favor, vê se você consegue ser mais sucinto... — pediu Bernardo.

— Não se preocupem... desta vez, a história será muito mais simples — disse Lucca, sorrindo. — Sieg tem quase mil anos de idade e, antes que alguém me interrompa perguntando como isso é possível, lembram que eu disse que o antigo grande mago, Greyhund, era capaz de transpor espaço e tempo? Há mil anos, foi preciso um novo Cavaleiro Branco e, como os poucos dignos desse título entre a descendência de meu trisavô recusaram o cargo, o mago teve que recorrer à descendência do outro mundo, de onde trouxe o meu pai. Com a morte de meu trisavô, subira ao trono o seu primeiro filho, que morreu com quase quinhentos anos, sem deixar descendentes. Foi sucedido por um sobrinho, irmão da rainha Ahmawen, que, diferente dos outros membros da família, possuía um coração negro. Assim, depois de muitos anos, a aliança entre Sudher e as cidades-estados do norte terminara devido à ambição do novo monarca. Meu pai foi trazido até aqui para combatê-lo, liderando as tropas do norte que acabariam por destruir Sudher. Isso, com a promessa de que voltaria para o mesmo instante e momento do qual partira do nosso mundo. Mais alguma dúvida?

— Sim, várias: onde se encaixa o Sieg nisso tudo? Como ele pode ser sobrinho da rainha? Como o seu pai teve coragem de partir deixando um filho para trás? Ou você sempre soube dele? — perguntou Rubi.

— Vamos por partes, como diria Jack... — disse Lucca.

— O Sieg é filho do meu pai com uma irmã da rainha, o que responde às duas primeiras perguntas. O meu pai não sabia que ela estava grávida, ela não contou, senão ele provavelmente não partiria...

— E por que ela não contou? — perguntou Renata. — Você faz alguma ideia?

— Bem. A história oficial é a seguinte: meu pai estava cansado de tanta luta e de tanta dor, e havia pedido a Greyhund para apagar a memória dele quando partisse, queria esquecer o sofrimento que presenciara. E ela queria que ele ficasse por ela, não pelo bebê que estava esperando. Além disso, ela sabia que ele não seria realmente feliz ficando aqui somente por uma obrigação para com aquela criança, e... — Lucca parou no meio da frase.

— E... o quê? Não enrola, Lucca! — disse Bernardo. — E chega de "além disso", por favor, seja direto.

— Tá bom, tá bom... — respondeu Lucca. — Bem, o fato é que a mãe do Sieg tinha capacidade de ver o futuro, não todo, mas uma parte dele. Então, já teve gente que supôs que ela possivelmente pudesse ter previsto este futuro agora, eu sendo o terceiro Cavaleiro Branco, e, para não impedir que assim fosse, deixado meu pai partir...

— Putz. Teria que ser muito fria para fazer isso... — especulou Renata.

— Nem tanto — contestou Lucca. — Pelo que contam, era uma pessoa muito responsável e muito prática. Dizem que, quando perguntavam se não sentia falta do meu pai, ela dizia que não, pois o filho lhe fazia companhia e era uma parte dele que ficara com ela. Gente, vocês têm mais alguma dúvida? Porque temos que ir encontrar suas majestades...

Como ninguém disse nada, seguiram para o salão do trono. Após serem anunciados pelos guardas, entraram e cumprimentaram o rei e a rainha. Assim que entrou, Lucca reparou numa figura parada perto do trono, encostada numa coluna, e a reconheceu: era Elza.

A velha companheira de Lucca estava vestida com a roupa que tradicionalmente usava para missões em campo: uma calça de couro marrom, larga e rude, botas de couro escuro, uma blusa de algodão de mangas curtas na cor bege e por cima um peitoral de couro reforçado com detalhes metálicos e o desenho de uma grande cabeça de leão no centro. Usava também munhequeiras de couro e uma capa bege com capuz, presa com uma fivela dourada em formato de leão. Trazia uma espada curta numa bainha presa ao cinto e uma adaga presa na perna esquerda.

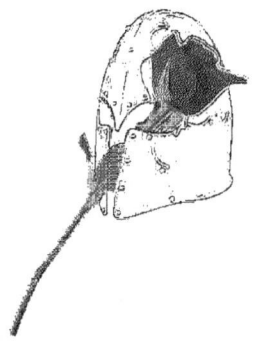

## 9. ELZA

Elza e Lucca trocaram olhares frios durante toda a cerimônia. Mais tarde, durante o banquete cerimonial, começaram a conversar, depois de quatro anos.

— Olá — disse ela.

— Olá? O que você faz aqui? Não deveria estar banida,
junto com Mar'Shell? — retrucou Lucca.

— Essa não é uma maneira educada de falar com uma
amiga que você não vê faz quatro anos — reclamou Elza.

— Amiga? Tem certeza do que está falando, Elza? Uma
amiga não tramaria pelas costas para apagar a minha memória... Se a gente não se fala há quatro anos, é por culpa sua e
daquele alado maldito! — disse Lucca, com aspereza.

— As coisas não foram tão simples assim, Lucca — Elza
respondeu. — Eu era boba e estava apaixonada naquela época... Você deveria ser capaz de entender isso.

— Eu? Pelo que eu saiba, meus sentimentos nunca me
levaram a trair meus amigos, a deixar de fazer o que era certo
— rebateu Lucca.

— Você não entende! Era você ou ele, foi o que ele me
disse. Eu era tola, estava envolvida, achava que a vida sem ele
ao lado não tinha sentido! O que você queria que eu fizesse?

Ficasse com você? Se você consegue ser frio numa situação dessas, bom para você, mas eu não consegui... — desabafou Elza, com os olhos cheios de água.

— Lágrimas agora? Lágrimas de crocodilo, isso sim. Desculpe se eu não acredito — disse Lucca.

— Mas eu acredito, rapaz — interrompeu o Rei Tiron. — E foi por isso que a perdoei e permiti que ela ficasse aqui conosco. Desde que terminou seu relacionamento com, como você o chamou, o "maldito alado", ela tem buscado incansavelmente pistas sobre o paradeiro de minha sobrinha, Ardriel, e tem sido uma das mais eficientes espiãs deste reino. Dei uma chance a ela, Lucca, e peço que você faça o mesmo, se pretende encontrar a minha sobrinha.

— Pelo senhor, majestade, farei isso. Mas estarei no comando, não abro mão disso — disse Lucca.

— É justo, é muito justo — concordou Tiron; e se voltando para Elza, perguntou: — Você concorda, não é mesmo?

— Se esse é o seu desejo, meu rei, concordo — respondeu ela, assentindo com a cabeça.

Resolvida a situação, a trégua tendo sido aceita por ambas as partes, o jantar transcorreu tranquilamente até o final. Rubi, Lucca, Bernardo e Renata seguiram para seus respectivos aposentos, assim como os demais presentes que estavam hospedados ou moravam no castelo. No dia seguinte, os quatro acordaram cedo para treinar. Num ponto do pátio do castelo, Renata treinava sua mira no arco quando Elza se aproximou.

— Desse jeito, você pode ter problemas numa luta. Tente mirar cinco centímetros mais para a direita, e também tem que ser mais rápida na hora de disparar e pegar uma nova flecha — recomendou.

— E o que você tem a ver com isso? — perguntou Renata.

— Calma! Eu só quero ajudar, de verdade! Vou lutar ao lado de vocês agora e perder aliados não é interessante para mim. Não sei o que o Lucca falou para vocês a meu respeito, mas me arrependo do que permiti que acontecesse no passado e realmente quero me redimir — disse Elza.

— O Lucca não falou nada sobre você. Pelo contrário, deixou bem claro, após o jantar, que nos caberia decidir se confiaríamos em você ou não. Disse que faria isso pelo rei, mas não nos obrigaria a nada — contou Renata.

— E você? — perguntou Elza.

— Eu o quê? — disse Renata.

— Sim, você. O que você fará? — insistiu Elza.

— Não sei ainda... — respondeu Renata e emendou: — Quantos centímetros para a direita mesmo?

Ao mesmo tempo, em outra área, Rubi e Lucca treinavam, observados por Bernardo.

— Ai! Esse golpe foi feio, Rubi. Não era você que se gabava de que poderia derrotá-lo nas lutas de espada? — provocou Bernardo.

— Lá no nosso mundo, Bê, com espadas de espuma... — respondeu Rubi.

— E qual é a diferença? — perguntou o rapaz, sorrindo.

— Quer descobrir? — retrucou Rubi.

— Eu não! E, além disso, a luta é de espadas e sou um bardo — respondeu Bernardo.

— E isso aí na sua cintura é o quê? — perguntou ela.

— Uma espada curta — respondeu ele. — E não sou louco de enfrentar alguém com uma espada grande como a sua ou a do Lucca com uma espadinha dessas.

— E quem disse que isso não é possível? — Lucca se intrometeu na conversa. — Até parece que vocês não receberam uma noção de luta quando vieram para cá.

— Receber, eu recebi, mas o que isso tem a ver? — perguntou Bernardo.

— Tudo — disse Lucca. — Uma espada curta serve para ataques próximos e uma longa para ataques à distância, você deveria saber disso.

— Eu sei. E é por isso que volto a afirmar que não vou me arriscar a lutar com um de vocês — reiterou Bernardo, sorrindo.

— Pois deveria. É possível enfrentar uma espada longa apenas usando uma espada curta, sim — afirmou Lucca.

— Duvido — retrucou Bernardo.

— É, Lucca, se é possível, mostra pra gente — pediu Rubi.

— Certo, se vocês querem uma demonstração... vão tê-la — prometeu Lucca. —Bernardo, me empresta a sua espada curta.

Bernardo a jogou para Lucca.

— Agora, Rubi, me ataque com toda a força — ordenou Lucca.

A moça nada disse, apenas atendeu ao pedido. Lucca aparou o golpe dela no guarda-mão da espada, fez a espada dela deslizar através deste e, quando os dois estavam próximos, girou o braço de tal maneira que a espada dela pendeu ao chão e ele aproximou a dele do peito da moça.

— Viram? — disse. — É possível e simples.

— Entendi. Você diminuiu a área de ataque a fim de inutilizar praticamente a minha espada — disse Rubi.

— É, mas se você estiver usando uma espada sem guarda-mão, você dança, né, Lucca? — provocou Bernardo, sorrindo.

— Não, os romanos já mostraram que não — disse Lucca.

— Como? — perguntou Bernardo. — Você andou bebendo, Lucca? O que os romanos têm a ver com isso aqui?

— Simples — falou Lucca. — Os romanos usavam uma espada, o gládio, que era curta, de lamina larga e chata, e com ela derrotavam os bárbaros, que usavam tridentes ou espadas longas. É tudo uma questão de saber usar a arma. Vou vencer a Rubi agora sem usar o guarda-mão, veja só...

Lucca pegou um escudo que estava caído no chão e fez um sinal para Rubi atacá-lo. Aparou o golpe dela no escudo e foi empurrando a espada dela com ele, forçando-a a recuar e se aproximando dela até poder se valer de um movimento brusco do escudo que a fez largar a arma, enquanto ele encostava a sua lâmina no peito dela.

— Entendeu o que eu quis dizer? — perguntou Lucca, sorrindo. — Claro que essa técnica é mais complicada, e requer pré-requisitos.

— Tais como? — perguntou Bernardo.

— Você tem que se valer de um escudo liso e levemente arredondado como o que usei, que permita à espada deslizar por ele; deve estar enfrentando um adversário de força inferior ou equivalente à sua; ou, pelo menos, ter um escudo leve e resistente o suficiente para zerar a desvantagem de força. Mas não se preocupe, garanto que o Sieg será capaz de fazer um desses pra você. Agora, quero ver você treinar esses movimentos com a Rubi — recomendou Lucca.

— Quem disse que eu quero treinar com ela? — retrucou Bernardo.

— Ou você treina com a Rubi ou comigo. Você escolhe — afirmou Lucca.

— Eu treino com ela, sem problema algum — Bernardo respondeu.

Enquanto todos treinavam, a tarde avançou. À noite, após o jantar, o grupo se reuniu para traçar seus próximos passos.

— O que a sua investigação revelou afinal, Elza? Que rumo devemos seguir? — perguntou Lucca.

— Devemos ir para o norte. Parece que há algo ou alguma coisa muito bem guardada lá pelos necromantes. Mesmo que não seja o nosso "alvo", deve ser algo que valha a pena como moeda de troca para informações — respondeu Elza.

— Mais alguma coisa que nós precisamos saber? — Rubi se intrometeu. — Como o número de inimigos ou algo assim? Lembre-se de que somos novatos nesse tipo de coisa...

— Infelizmente, não conseguimos apurar o número preciso de inimigos que nos esperam. Mas não se preocupem com o fato de serem novatos. Se o Lucca os escolheu é porque vocês são capazes — disse Elza.

— Bem, na verdade, pelo que me consta, é porque nós éramos os disponíveis no momento, mesmo — disse Bernardo, com um sorriso jocoso.

— Ah, bem, vocês ouviram a moça, amanhã iremos para o norte — concluiu Lucca. — Então tratem de dormir e descansar para partirmos bem cedo.

Lucca se preparava para sair com os outros quando Elza o deteve, segurando-o pelo braço.

— Lucca, tem algo que quero falar com você.

— Sim?

— Minhas fontes mencionaram quatro guerreiros negros comandando as tropas inimigas.

— E...?

— É que eu pensei que, se você voltou, eles também podem estar de volta. Não seria o caso de avisar os outros?

— Acho muito improvável, mas não seria o caso de avisá-los. Não há por que deixá-los alarmados com algo que pode não ser verdade... Agora é melhor descansarmos para amanhã. Boa-noite.

Lucca saiu da sala rumo aos seus aposentos.

## 10. O monumento

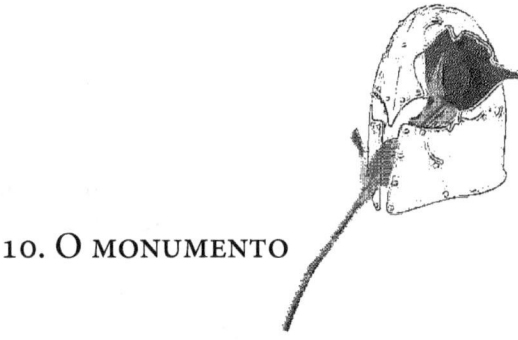

No dia seguinte, após o desjejum, os cinco partiram rumo ao norte. Lucca e Elza iam sérios à frente, enquanto os outros três seguiam conversando mais atrás.

— Então, Lucca, já tem ideia de onde iremos parar esta noite? — perguntou Elza. — Meu contato só estará no ponto de encontro amanhã, então creio que o ideal, já que temos tempo, seria escolher um lugar tranquilo, pois pode ser que esta seja a nossa última noite de calmaria.

— Sim, tenho uma ideia sim. Conheço um lugar onde poderemos descansar com calma e onde seremos, com certeza, muito bem tratados — respondeu Lucca.

Mais atrás, Rubi, Renata e Bernardo também trocavam ideias.

— E então, vocês acham realmente isso? — perguntou Rubi.

— É o que eu acho, sim, e a Rê concorda comigo — disse Bernardo. — Tem mais coisa aí do que aparenta.

— Bobagem sua — disse Rubi. — Que tem algo estranho, isso tem, mas para mim soa muito mais como um sentimento de dívida. É como se ela achasse que deve algo a ele.

— E não deve? — perguntou Renata.

— O que você quer dizer com isso? — perguntou Rubi.

— Não é óbvio, Rubi? Ela deve ao menos quatro anos da vida dele e da Ardriel — respondeu Renata.

— Sim, isso eu sei, Rê, mas ainda assim me parece que ainda há algo a mais. Não são só esses quatro anos... — ponderou Rubi.

— Esquece isso por enquanto, Rubi. Não adianta ficar remoendo, até porque não vamos chegar a conclusão nenhuma — disse Bernardo.

— Sim, agora me digam, como foi o treino de vocês? — perguntou Renata.

— Ih, nem te conto, Rê, ganhei varias vezes do Bernardo... — respondeu Rubi. — Mas o mais estranho é que o Lucca, que sempre perdia para mim lá no outro mundo e vinha sempre com aquela conversa de que não luta pra valer contra mulheres, treinou a sério contra mim!

— É óbvio, Rubi, lá é brincadeira, aqui é sério — afirmou Bernardo. — E você não ganhou tantas vezes assim de mim, sem falar que eu também ganhei algumas.

— Algumas não, só duas, pelo que me lembro — retrucou Rubi.

— Então a sua memória tá falha... — provocou Bernardo.

Os dois continuaram a discutir enquanto Renata só ria, e assim transcorreu todo o dia. À noite, o grupo entrou num vale em formato de U ao fim do qual avistaram uma cidade antiga, cinzenta, com alguns prédios danificados ou com marcas de danos, como se houvesse ocorrido uma guerra, sendo alguns deles encravados na própria rocha. Antes de entrarem na cidade, Lucca e Elza ergueram seus capuzes de modo a esconder seus rostos. Os outros estranharam a atitude, mas nada disseram. O grupo cruzou o portão da muralha e, ao chegarem à praça principal, avistaram um grande monumento, com quatro figuras inteiras esculpidas e uma pela metade.

— Peraí, esses aí não são o Lucca, a Ardriel e a Elza? — perguntou Rubi.

— Sim e você esqueceu de contar o Lucca duas vezes... ou não é ele ali, de armadura? — perguntou Renata.

— É ele — afirmou Bernardo. — Lucca, qual é a desse monumento aí?

— Depois, Bernardo, mais tarde. Estou tentando arranjar hospedagem para nós sem chamar muita atenção — respondeu Lucca.

Os cinco cavalgaram até um prédio grande, um casarão de três andares, que, de acordo com Lucca, era a melhor hospedaria da cidade. Após deixarem os animais no estábulo, seguiram até ao balcão de atendimento da estalagem. Lucca falou com o estalajadeiro e voltou rapidamente com duas chaves.

— Esta é do quarto das moças e esta outra do meu quarto e do Bernardo — disse Lucca.

— Ah, mas eu achei que fosse ficar com a Renata, como da outra vez — reclamou Bernardo.

— Nem A nem menos A, Bê... Cê vai ficar comigo, ok? — disse Lucca, rindo.

— Putz, tu bolou essa piada sem graça sozinho ou pediu ajuda? — retrucou Bernardo. — Mas ainda assim, eu pergunto: por que não posso ficar com a Rê, já que, teoricamente, você conseguiu um quarto para duas e um para três pessoas?

— Verdade, mas da outra vez quase rolou um incidente e, nesta cidade, tanto eu quanto a Elza somos conhecidos e temos nomes a zelar. Ficaria mal para nós se soubessem que nós dividimos um quarto — respondeu Lucca. — Entendeu agora? E há também o fato de que eu quero que vocês descansem esta noite e não que a passem praticando o mais antigo esporte do mundo.

— Deixa, Bê — Renata interveio, um tanto sem graça com o comentário anterior de Lucca. — Ele até que tem razão. É uma noite só, amor, teremos todas as noites de nossa vida para curtir.

— Essa foi linda, Renata, brega, mas linda. Agora vamos logo para os nossos quartos — disse Lucca, num tom debochado.

Mais tarde, na hora do jantar, todos se reuniram no salão de refeições da hospedaria. Na verdade, todos menos um.

— Onde está o Lucca? — perguntou Rubi.

— Ele disse algo a respeito de se encontrar com o prefeito da cidade ou coisa que o valha, e que era para a gente jantar sem ele mesmo — respondeu Bernardo.

— Com o prefeito? Nossa, ele tá ficando importante, hein? — disse Renata, com ironia.

— Considerando que ele aparece duas vezes naquele monumento na entrada da cidade, Rê, não é de se espantar que ele seja importante aqui — disse Rubi. E continuou, se voltando para Elza: — Aliás, qual o motivo desse monumento, e por que o Lucca aparece duas vezes nele, hein, Elza?

— Eu explico, mas vamos conversar em português — respondeu Elza. — As pessoas aqui não sabem que Lucca (ou Lukhz, como é conhecido neste mundo) e o Cavaleiro Branco são a mesma pessoa, e não precisam ficar sabendo.

— Certo, desde que você conte pra gente, por mim, sem problemas — disse Rubi. — Agora, conta logo.

— Primeiro, vamos pegar uma mesa e pedir o jantar, depois, enquanto comemos, eu contarei a história — disse Elza, e caminhando pelo salão, calmamente, escolheu uma mesa para quatro pessoas e se sentou.

Os outros a seguiram. Depois de terem jantado, Elza cumpriu sua promessa.

— O porquê de o Lucca aparecer duas vezes no monumento, creio que vocês já imaginam: é pelo fato de as pessoas em geral acharem que Lukhz Bianchi e o Cavaleiro Branco são duas pessoas diferentes. E se ainda assim tiverem alguma dúvida, garanto que conforme eu contar a história do monumento, vocês vão entender perfeitamente — começou ela. — Aliás, antes de continuar, por acaso vocês fazem alguma ideia de quem nasceu aqui na cidade? O Lucca por acaso disse alguma coisa?

— Não, Elza, ele não disse nada — respondeu Rubi.

— Bem, esta é a cidade natal da Ardriel; ela nem sempre pertenceu a Arlon, que no passado era uma cidade-estado governada por um primo do Rei Tiron — prosseguiu Elza.

— E o que isso tudo tem a ver? — interrompeu Bernardo.

— Tenha calma, eu já chego lá — respondeu Elza. — Pois bem, esta cidade sempre foi aliada tanto de Arlon quanto de Erdan, e mantinha um tratado de proteção mútua com as duas, mas, durante a Grande Guerra Negra na qual o pai do Lucca lutou, o governante daqui rompeu a aliança, alegando que os dois reinos é que eram o alvo dos que tinham iniciado a guerra, e não a cidade dele, o que realmente era verdade.

— Que covarde! — comentou Rubi.

— Em parte, sim, Rubi, ele foi um covarde, mas você também tem que pensar como governante... — disse Elza.

— Como assim?

— Ele pode ter sido covarde, mas, antes de tudo, estava pensando em seu povo. Arlon e Erdan tinham condições de encarar o desafio, mas ele sabia que sua cidade não resistiria. E os reis aliados compreenderam isso, tanto que Ardriel nasceu aqui quando sua mãe se encontrava em missão diplomática, tentando reverter esse quadro — esclareceu Elza.

— Você aprendeu a contar histórias com o Lucca, por acaso? Porque você enrolou, enrolou e até agora não contou o motivo do monumento — reclamou Renata.

— Calma — disse Elza. — Já vou chegar lá. Essa pequena introdução histórica foi necessária. Como vocês devem ter notado quando chegaram, a cidade traz marcas de guerra nos seus prédios. Acontece que anos mais tarde a cidade foi atacada por uma raça temível de demônios hematófagos. Por causa do rompimento anterior, nem Arlon nem Erdan ajudaram num primeiro momento. Só um grupo de aventureiros, liderado pelos dois filhos do Rei Tiron, atendeu ao chamado do governo da cidade. Os gêmeos esperavam que o pai deles interviesse para ajudá-los, e foi o que aconteceu, mas era tarde mais.

— Por quê? — perguntou Bernardo.

— Porque quando as tropas de Arlon chegaram, a luta já tinha terminado — respondeu Elza. — Os demônios haviam conquistado a cidade, matado todos os aventureiros, entre eles os dois príncipes, e expulsado todos os elfos e meio-elfos sobreviventes, pois só se alimentam de sangue de homens; e criado uma barreira de noite eterna, o que é uma vantagem e tanto, pois os hematófagos têm hábitos noturnos e enxergam muito bem na escuridão, enquanto de dia são praticamente cegos.

— E o exército de Arlon, o que fez? — interrompeu Rubi.

— Fez a única coisa que podia fazer naquele momento: escoltou os refugiados até Arlon, onde receberam o atendimento necessário. Não valia a pena se arriscar e lutar por uma cidade perdida como a gente fez, e foi por isso que ergueram o monumento — respondeu Elza.

— Entendi. Como vocês iniciaram a luta pela reconquista da cidade, vocês foram homenageados — falou Bernardo.

— Nós não iniciamos a reconquista, nós a reconquistamos praticamente sozinhos — disse Elza.

— Ok, o porquê do monumento tá beleza, mas ainda não entendi direito por que o Lucca está nele duas vezes — comentou Rubi.

— Bem, imagino que como vocês já conhecem o ímpeto e a personalidade dele, devem ter a esta hora deduzido que a ideia de vir para cá foi dele — respondeu Elza. — Pois bem, depois de inutilmente tentarmos convencê-lo de que só nosso grupo seria insuficiente para reconquistar a cidade, e que esta não era a nossa missão aqui, resolvemos segui-lo, para não deixar que ele e Ardriel encarassem tudo sozinhos. Nosso plano era bem simples: íamos nos infiltrar através de dutos secretos antigos para chegar à sala do palácio do governo, onde ficava o artefato responsável por gerar a noite eterna nos limites na cidade. Mas não contávamos com certos imprevistos.

— Quais? — perguntou Renata.

— A gente esperava que a destruição do artefato fizesse com que a luz do dia voltasse a iluminar tudo, mas quando nós o destruímos, ainda era noite, e assim, a única coisa que conseguimos foi atrair a atenção dos demônios. Além disso, o líder deles era imune ao sol, e quando este raiou, não foi afetado, pôde fugir para uma caverna de difícil acesso — explicou Elza. — Por fim, como desgraça pouca é bobagem, as tropas chegaram naquele momento, e como já tinha se espalhado a história de que tanto Lukhz, o campeão de Arlon, quanto o Cavaleiro Branco estavam por aqui, Ardriel teve que providenciar uma ilusão para que os soldados acreditassem que os dois estavam entrando na caverna, não só o Lucca de armadura. Confesso que realmente temi por ele naquele dia.

— Por que, Elza? O tal bandidão era tão perigoso assim? — indagou Rubi.

— Sim, era. Era um monstro gigantesco, e tal era o seu poder que a claridade não o afetava. Além disso, usava os crânios dos dois príncipes como adereços em volta do pescoço, fato que só fez enfurecer o Lucca, e era por isso que eu temia por ele: foi sozinho enfrentar um demônio terrível e ainda por cima de sangue quente... Mas, por outro lado, como eu gostaria de ter assistido a luta! Se Lucca já parecia um guerreiro possesso quando enfrentava os demônios menores, contra o líder deles, então... A única coisa que testemunhei foi nosso amigo saindo triunfante da caverna, trazendo os crânios dos príncipes cuidadosamente embrulhados em sua capa e chutando a cabeça da criatura como se chuta uma pedra. Junto de onde foram enterrados os restos dos príncipes e de seus companheiros, foi erguido o monumento em nossa homenagem. Há coisa de uns quatro anos, quando chegou ao conhecimento do povo aqui a traição de vocês-sabem-quem, a população pôs abaixo a figura dele, que é a que está pela metade.

Elza mal terminara o relato quando Lucca adentrou o salão e logo caminhou até a mesa deles:

— Olá, jantaram bem? — perguntou, sorrindo.

— Sim, jantamos, e aproveitei para contar a eles, a pedido deles, a história do monumento na entrada da cidade. Aliás, um detalhe que esqueci de contar foi que o principal motivo para este aqui começar a reconquista... foi o amor ou, para ser mais precisa, para permitir que a namorada dele na época, Ardriel, pudesse voltar a passear por sua cidade natal tranquilamente na época — completou Elza.

— Sério, Lucca? Foi por isso mesmo? — perguntou Rubi.

— Sim, um dos motivos foi esse — respondeu Lucca, meio sem graça. — Mas tinha o fato de que eu queria que os restos mortais dos filhos do Rei Tiron recebessem o tratamento adequado, e também porque era a coisa certa a fazer. E agora acho melhor nós nos recolhermos aos nossos quartos, pois já está um tanto tarde e quero partir cedo amanhã.

Lucca e Bernardo seguiram para quarto deles e as três moças para o delas. Quando já se estavam prontas para dormir, Rubi se voltou para Elza:

— Elza, posso lhe fazer uma pergunta?

— Sim, claro, faça — respondeu a outra.

— Por que você olhava o Lucca com um olhar perdido hoje na estrada, enquanto vínhamos para cá?

— O que você quer dizer com isso? Eu não o olhava de nenhuma maneira especial, não, foi impressão sua — respondeu Elza.

— Desculpe, mas não dá para acreditar, não — insistiu Rubi. — Você olhava para ele de um modo perdido, distante, como se estivesse lembrando algo, sentindo saudades de alguma coisa...

— É, você está certa — confessou Elza, num tom resignado. — Eu olhava para ele com saudade, lembrando uma época mais ingênua e mais feliz da minha vida.

— Se você não quiser falar nisso... — disse Renata.

— Não, não há problema, desabafar faz bem — Elza respondeu. — Eu me sinto culpada e nostálgica ao mesmo tempo: culpada pelo que permiti que acontecesse há quatro anos, e também saudosa de um tempo em que acreditava que o mundo era perfeito e que eu finalmente tinha alcançado a felicidade que todos buscamos, tinha um namorado que supostamente me amava e amigos que estavam prontos para levantar a minha moral, sempre. Hoje, ao menos, tenho a consciência um pouco mais leve, pois tenho feito de tudo para me redimir, diferente de meu ex, que acabou sendo punido pelo que fez.

— Punido? — perguntaram Renata e Rubi, juntas.

— Sim, punido — insistiu Elza.

— Como assim? — perguntou Rubi.

— O que o Lucca explicou sobre as joias que trouxeram vocês até aqui? — perguntou Elza.

— Fora a coisa de nos transportarem para cá e deixarem um substituto lá em nosso lugar... nada demais, por quê? — respondeu Renata.

— Peraí, Rê. Você não sabe, mas uma vez o Lucca disse para mim que as joias também tinham a capacidade de equivaler os corpos, tipo, com o tempo, nossos corpos no outro mundo vão ficar parecidos com os nossos aqui, que são moldados pelo nosso ideal.

— Entendo. Então foi isso que ele explicou? — perguntou Elza. — O Lucca gosta de simplificar as coisas. As joias estão mais para espelhos da alma, e não equivalem os corpos de uma forma gratuita. Afinal, tudo tem seu preço.

— Opa. Peraí. Isso quer dizer que as joias podem cobrar alguma coisa da gente? — perguntou Rubi, ressabiada.

— Não, acho que me expliquei mal — disse Elza, sorrindo. — As pedras não cobram nada, até porque não têm inteligência própria, mas se guiam pelos atos e consciência da pessoa. Se você se esforça para mostrar o seu lado bom, exercita a bondade e tem a consciência leve, elas tendem a demonstrar isso, fisicamente, mantendo o seu corpo aqui belo como você sempre desejou e melhorando, por assim dizer, o seu corpo original. Mas, se você não pratica a bondade, se acaba por mostrar seus defeitos e fica com a consciência muito pesada, o resultado é que, em vez de equivaler o seu corpo original com o daqui, a joia faz o inverso, equivale o daqui com o de lá, e foi o que aconteceu com meu ex. No outro mundo ele é gordo, e começou a engordar aqui também depois da besteira que fez.

— Me desculpe, Elza, mas ele não parecia se sentir muito culpado, não — comentou Renata.

— Ele pode não aparentar, pode até achar que não errou, mas no fundo estará enganando a si próprio, porém não se pode enganar a própria consciência, que as pedras são capazes de ler — explicou Elza.

— Agora faz sentido, bem que eu notei uma leve barriguinha nele... — disse Rubi.

— Meninas, agora que expliquei tudo, recomendo que a gente vá dormir, pois o dia amanhã vai ser de viagem e será puxado — disse Elza.

Rubi apagou a chama da luminária e as três se deitaram.

# 11. ULIK

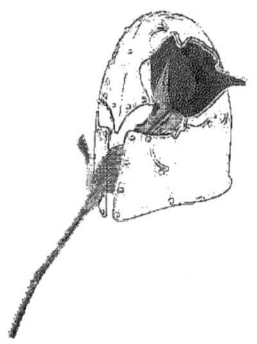

No dia seguinte, os cinco partiram cedo. Lucca ia mais calado, à frente, enquanto os outros iam cavalgando atrás dele.

— O que houve com ele desta vez? — perguntou Renata. — Ele tá calado desde aquela conversa pós-café da manhã que vocês tiveram, Elza.

— Ele está com um pé atrás quanto a encontrar o contato que está esperando pela gente — respondeu Elza.

— Afinal, o que tem de mais esse contato? — indagou Bernardo.

— Nada. Ulik é um troll que lutou ao nosso lado, ele e todo o seu clã; inclusive, na batalha final perdeu sua mão direita — explicou Elza.

— E o que rola de errado entre ele e o Lucca? — falou Rubi.

— Bem, numa das últimas batalhas, enfrentamos alguns discípulos que haviam nos traído, e um deles era o sobrinho e herdeiro de Ulik, que foi morto pelo Lucca. Ele tem medo de que o Ulik esteja meio "chateado" com ele até hoje. E tem mais uma coisa que o deixa ressabiado: o encontro foi marcado no lugar onde ocorreu essa batalha contou Elza.

— Como é esse Ulik? — perguntou Bernardo.

—Dois metros e meio de altura, aproximadamente cento e sessenta quilos e extremamente forte, bem mais do que o Lucca — respondeu Elza.

— Bom, acho que são motivos razoáveis para ele ficar com um pé atrás — disse Bernardo.

Cavalgaram o dia inteiro, acamparam durante a noite e prosseguiram novamente durante o dia seguinte até que alcançaram um lindo jardim. No meio dele, havia uma escultura gigantesca de uma espada e, no pedestal, uma placa com a seguinte inscrição:

**Aos guerreiros que aqui tombaram**
**lutando contra as tropas dos servos da escuridão**
**e contra os traidores de Arlon.**

Enquanto os cinco admiravam o monumento, uma grande sombra apareceu por detrás deles e uma voz cavernosa se fez ouvir:

— Olá, Lukhz, há quanto tempo, não?

Os cinco se viraram na direção da voz e viram um ser imenso parado ali. Tinha uma aparência humanoide, embora sua pele cinzenta de aspecto rochoso deixasse claro que era um troll das montanhas; trajava uma roupa simples e tinha apenas a mão esquerda. Lucca não disse nada, só se adiantou e se ajoelhou perante ele.

— Não posso desfazer meus atos do passado, Ulik, mas, humildemente, me ponho perante a ti e te entrego meu destino, para que decidas a minha punição por eles — disse Lucca.

— Acredite, rapaz, não sinto mágoa de ti; na verdade, poupaste-me de um fardo difícil. Meu sobrinho traiu aliados do clã, e, pelas nossas regras, caberia a mim, como líder, desafiá-lo para um duelo de vida ou morte. Caberia a mim executá-lo por traição, mas, caso ele vencesse, ele é que assumiria a liderança do clã. E o fato é que eu nunca conseguiria fazer isso, pois ele era como um filho para mim — confessou Ulik. — Ao matá-lo, Lukhz, você salvou minha vida... Não guardo mágoa, só um sentimento de dívida. E agora se levante daí porque é ridículo um homem com o seu *status* ficar de joelhos perante um simples troll como eu.

— Tu não és nada simples, meu amigo, e não me deves nada, visto que, mais de uma vez, foste tu que salvaste a minha vida — disse Lucca. — Agora esqueçamos tudo isso e vamos tratar do que viemos aqui para tratar, certo?

— Certo, mas antes, me diga, o que achaste do meu jardim?

— Seu jardim?

— Sim, venho cultivando nos últimos quatro anos este jardim em homenagem aos mortos. Agora, deixemos essa conversa triste realmente de lado e tratemos do que interessa, sendo que eu gostaria de, se possível, conversar a sós com Elza e tu.

— Se é assim que queres, façamos assim, mas não vejo motivo, afinal, não gosto de ter segredos para meus novos companheiros.

— Acredite em mim, rapaz, é melhor assim.

Elza, Lucca e Ulik foram conversar numa área à parte enquanto os outros preparavam o acampamento para a noite que se aproximava. Após a conversa, Lucca, com uma expressão séria, se sentou sozinho no topo de uma colina próxima, como se estivesse apenas admirando a noite. Ulik se aproximou dele, silenciosamente.

— E então, rapaz, o que te incomoda? — perguntou Ulik. — E não adianta negar, tu sabes que os trolls são capazes de sentir as emoções alheias. Quem sabe desabafar não te fará bem?

— Não sei se falar me ajudaria, não — respondeu Lucca.

— Garanto que ajudará, irmão. Falar faz sempre bem, e quem sabe não podemos ajudar? — disse Sieg, saindo das sombras.

— Sieg? —– disse Lucca, com espanto. — Quando você chegou e como nos alcançou?

— Acabo de chegar, meu irmão, e alcançar vocês foi fácil, bastou não parar para dormir. E agora pare de enrolar e responda ao Ulik.

— Certo, certo, vou responder. Mas, antes, Ulik, o que achaste de meus novos companheiros?

— Sinceramente? — perguntou Ulik. — Queres que eu faça uma análise completa deles, é isso?

— Se quiseres fazer isso... — respondeu Lucca

— Pois bem — disse Ulik. — Vou começar pelo casal, Bard e Rehna. Ele tem uma personalidade interessante, é provocativo e descrente. Já ela é fogo puro, é extremada em todas as coisas, ama com todas as forças, odeia com todas as forças, mas a maior força de cada um deles é terem um ao outro. Enquanto assim for, e o amor que os une prevalecer, nada os abalará. Quanto à outra moça, bem, digamos que ela é interessante, e que se eu não soubesse, diria que ela é realmente irmã da Ardriel, pois a personalidade tem aspectos semelhantes, embora ela não tenha a metade da segurança da princesa. Ela, aliás, é adolescente, assim como a Rehna, acertei?

— Sim — respondeu Lucca. — Como adivinhaste?

— A personalidade delas é inconstante, como convém a vocês, humanos, nessa fase da vida. Vocês têm uma vida tão curta e, ainda assim, têm uma pressa enorme de chegar à idade adulta, o que para mim é uma grande bobagem. E senti rusgas entre vocês dois, certo?

— Por mais que me doa admitir, sim. Andaram ocorrendo pequenos mal-entendidos, pequenas bobagens entre nós, mas são as pequenas bobagens que podem estragar uma relação. Mas ainda não descreveste o perfil dela, estás me enrolando para eu me abrir primeiro.

— É, realmente, eu estava fazendo isso, mas, já que estás a insistir, aqui vai: ela tem personalidade forte, é na maioria das vezes corajosa e decidida, mas costuma vacilar de vez enquanto, como todo bom adolescente. Além disso, como uma jovem normal, ainda tem aquele péssimo hábito de acreditar que pode resolver tudo sozinha e que pode mudar o mundo — completou Ulik. — A Rehna só não vacila tanto porque tem o Bard ao lado dela, para dar suporte. E quanto a vocês dois...

— Tá bom, fale logo — suspirou Lucca.

— Será que não a pressionaste demais, não? — perguntou Ulik. — Tu tens vinte e três anos, e uma maturidade maior que a da média das pessoas da tua idade devido a tudo o que já viveste, enquanto ela é uma típica adolescente, não que haja nada de errado nisso, pelo contrário, acho que é uma das fases da vida em que vocês humanos são mais interessantes. Mas, ao mesmo tempo, tu tens que compreender que ela não é a Elza e muito menos a Ardriel, por mais que se pareça com ela; e não podes esperar atitudes iguais, nem mesmo similares. São pessoas diferentes, com experiências de vida diferentes e com graus diferentes de maturidade, rapaz. Já a trouxeste para um mundo estranho, ela já anda meio confusa devido à idade, e o que ela menos precisa agora é que tu a fiques acuando. E também não te distancies, porque vai parecer má-criação, birra; só tente pegar mais leve com a moça. Tu és o líder deles e isso implica em apoiar, ser compreensivo. Costumavas saber o que era isso há quatro anos, mas parece que algo está te faltando e é isso que está te deixando assim, não é mesmo?

— Sim, está me faltando algo, mais precisamente, alguém — respondeu Lucca. - Quando eu tinha Ardriel ao meu lado, o fardo da liderança era mais leve, eu sabia que teria alguém sempre disposto a me ajudar, a entender onde eu errara e não simplesmente pronto a jogar meu erro em minha cara. Sem falar que tenho medo de estar fazendo tudo isso pelo motivo errado.

— Talvez essa ausência seja boa para ti, rapaz — disse Ulik. — A Ardriel não poderia ser tua muleta para sempre. E quanto ao motivo errado, eles sabiam por que os chamaste quando aceitaram, não?

— Sim, por quê? — perguntou Lucca.

— Então esqueça essa história de motivo errado — afirmou Ulik.

— E, se serve de consolo, irmão — completou Sieg. — Eu sempre estarei ao seu lado quando você precisar. E vá dormir agora, pois, se as informações que o Ulik conseguiu estiverem certas, teremos um perigo e tanto nos rondando daqui para frente.

Lucca se retirou para sua barraca, deixando Ulik e Sieg se revezando na guarda noturna.

## 12. MORTE

No dia seguinte, todos partiram rumo ao norte. Renata, Rubi e Bernardo notaram um ar sério nos rostos dos outros quatro, mas nenhum deles tinha coragem de perguntar o motivo de tal seriedade, só sabiam que devia haver uma boa razão.

O sol já se encontrava no meio do céu e o grupo num desfiladeiro, seguindo tranquilamente a viagem, quando os tambores de guerra das tribos do norte começaram a serem ouvidos.

Com um gesto, Lucca os instruiu a se colocarem a postos, mas nenhum deles esperava o que estava por vir: os homens do norte, orcs e zumbis, começaram a sair de cavernas localizadas nas paredes do desfiladeiro e na extremidade posterior. Logo se viram diante de uma maré de inimigos, e uma figura estranha, montando uma criatura negra, alada e de aparência macabra, surgiu sobrevoando a horda. Tinha a aparência de uma mulher bonita, mas muito magra, vestida num traje decorado com o desenho de ossos e trazendo uma capa negra com capuz.

— Morte! — gritou Lucca. — Bem que ouvi dizer que vocês tinham voltado, mas se achas que nos deterá com esse grupo, estás muito enganado.

— Ora, Luquinha, tu nos baniste quatro longos anos atrás, mas agora voltamos mais fortes do que nunca e seu grupo está mais fraco do que naquela época. O que tu achas que três novatos, dois guerreiros relutantes, um troll maneta e um elfo, que há muito desistiu de lutar, podem conseguir? Só mesmo a morte. E a morte é bela — respondeu Morte.

— Bela? Não deverias dizer Belo? Ou tu achas que esqueci qual é o teu sexo verdadeiro, Paulus? Estarei sempre aqui para te lembrar disso. Tu desejas alcançar aquilo que a natureza não te deu, mas, sinto muito, gente má como és não tem direito a conquistar sonhos, principalmente ao custo do sofrimento alheio.

— Desgraçado, não deixarei que tu estragues meu sonho lindo! Morrerás hoje, e contigo todos os teus amiguinhos.

Com um gesto, Morte ordenou que suas tropas atacassem os sete heróis que tentaram resistir, mas, lentamente, acabaram empurrados para fora do desfiladeiro. Por alguns momentos pareceu que tudo estava perdido.

— Sieg, tire-os daqui, que eu seguro a "maré" — pediu Lucca.

— O que você pretende fazer? — perguntou Sieg. — Se nós sete não estamos conseguindo detê-los, por que você conseguiria sozinho?

— Não pretendo detê-los, só ganhar tempo — explicou Lucca. — Agora vá, eu alcanço vocês depois.

— Certo, só não esquece que você tem um bom motivo para viver, você ainda tem uma pessoa para reencontrar — disse Sieg.

— Uma, não, duas, ou você esqueceu que prometi para a Galawel que voltaria? — corrigiu Lucca. — E os pais sempre devem cumprir suas promessas. Agora vá!

— Certo. Nos vemos depois, irmão.

Sieg abraçou Lucca e logo todos estavam partindo como ele ordenara, menos uma pessoa: Rubi.

— Não adianta, Lucca, não vou partir, não vou deixar você para trás. Depois do que houve, com tantas coisas estranhas acontecendo entre nós, não é justo que eu deixe você para trás — ela disse. — Você tem que parar de tentar resolver todos os problemas do mundo sozinho.

— Agradeço, Rubi, mas este problema é meu — afirmou ele. — Agora vá!

— Não adianta, não vou partir!

— Rubi...

Lucca a abraçou e, como já tinha feito antes, pressionou um ponto que a fez desmaiar em seus braços. Depois a colocou nos braços de Ulik e, tirando do pescoço um cordão com uma pequena cruz, o colocou no pescoço dela.

— Agora vão! — ordenou.

Os seis partiram, finalmente. Lucca agarrou com firmeza os cabos de suas duas espadas e pensou: *É agora ou nunca!*

Pronunciou as palavras quase sussurrando, e de suas espadas partiu um poderoso feixe de energia que atingiu Morte em cheio. Abalado, Paulus partiu, e os mortos-vivos pararam de se mover.

*Bom, agora só faltam algumas muitas centenas de bárbaros e orcs. Se eu conseguir atrasar o avanço deles, vou conseguir fugir.* Com um gesto, Lucca ordenou que seu grifo soltasse seu grito sônico num dos lados do desfiladeiro, enquanto ele atirava no outro. O ataque conjunto levou a um desmoronamento do mesmo, aprisionando boa parte das tropas. Em seguida, as poucas centenas de que estavam fora do vale partiram com uma fúria desmedida para cima de Lucca, que lutou como um bravo, como um possesso, mas logo a maré de inimigos já o encobria. O Cavaleiro Branco havia tombado.

## 13. Elfo Cinzento

O grupo já se encontrava distante do desfiladeiro quando Rubi acordou.

— Lucca! — gritou. — E, vendo que não estava por perto, completou: — Cadê ele? Onde ele está?

— Ele ficou para trás, para garantir a nossa segurança — esclareceu Sieg.

— E você diz isso com toda essa tranquilidade? — perguntou Rubi.

— Calma, Rubi... — disse Renata.

— Calma, nada! — respondeu Rubi. — Ele deixa o próprio irmão para trás, para morrer, e você quer que eu fique calma? Sem condição!

— Eu confio no meu irmão, garota — disse Sieg. — E você também deveria confiar. Ele vai nos alcançar, mais cedo ou mais tarde. Tenho fé nisso e recomendo que você também tenha.

— Certo, é bom mesmo que você esteja certo, senão nunca vou me perdoar — disse Rubi. — Aliás, o que é isso no meu pescoço?

— Isso? É a prova de que ao menos ele confia em você, embora a recíproca possa não ser verdadeira. Ele, simbolicamente, abriu mão da vida dele para proteger a sua e a nossa — concluiu Sieg.

— Como assim? — perguntou Rubi.

— Esse cordão é uma réplica de um que ele usa no mundo de vocês... — explicou Sieg.

— Bem que o achei familiar — interrompeu Bernardo.

— Sim, foi por isso. De qualquer maneira, esse crucifixo contém um feitiço que protege seu usuário e aqueles que estão ao seu redor. Ao entregá-lo para você, Rubi, foi como se quisesse afirmar que a nossa proteção é mais importante para ele do que a dele mesmo... e confiou em ti para proteger a todos nós. Agora, ao menos, honre a confiança depositada em você, ok? — pediu Sieg.

— Certo... — concordou Rubi, baixinho, como se não soubesse o que responder.

— Bem, já anoiteceu e já tomamos uma boa distancia do desfiladeiro. Recomendo que acampemos, Sieg — se intrometeu Ulik.

— Sim, tens razão, acampemos aqui esta noite.

A noite foi relativamente tranquila, sem mais percalços, com Sieg e Ulik se revezando na guarda, garantido que os outros pudessem ao menos tentar dormir, o que ninguém conseguiu. Embora não admitissem, estavam todos preocupados com a ausência de Lucca.

Na manhã seguinte, o grupo se manteve no mesmo estado silencioso e triste que encerrara o dia anterior. Os seis continuaram seu caminho rumo ao norte, onde estaria o suposto "tesouro" guardado pelos servos da escuridão. Caminharam durante dias, sem avistar nenhum inimigo e sem nenhuma noticia de Lucca.

Pouco mais de uma semana após a batalha do desfiladeiro, enquanto os outros arrumavam as coisas do almoço, Elza cavalgou mais à frente como batedora, para descobrir o que os esperava; e não retornou com novidades agradáveis.

— E então, Elza, descobriu alguma coisa? — perguntou Sieg.

— Bem, as informações de Ulik foram precisas. Boa parte das tribos selvagens do extremo norte está a serviço dos necromantes; alguns, inclusive, estão usando o símbolo dos Cavaleiros do Apocalipse em suas vestes.

— E quanto a estes?

— Nem sinal. Devem estar mais ao norte, junto do nosso alvo. Sugiro tentarmos passar por eles logo, antes que os cavaleiros apareçam para ajudá-los.

— De quantos é o grupo?

— Uns 500 guerreiros, poucos montados, em campo aberto. Deve dar para passarmos com alguma facilidade. Nosso principal problema antes desse foi o desfiladeiro, que não nos dava espaço para agir.

— Certo. Avisarei aos outros e, assim que tudo estiver pronto, partiremos para a luta.

Como havia dito, Sieg avisou os outros e mandou que se preparassem para a batalha.

— Sieg, me desculpe, mas não seria melhor esperamos o Lucca, não? — perguntou Rubi. — Ele pode estar tentando nos encontrar e não tê-lo feito ainda porque estamos já muito longe. Sem falar nessa maldita "aura negra" que você mencionou ontem à noite, quem vem bloqueando os feitiços de teleporte nessa região há mais de uma semana, o que só dificulta as coisas.

— Acredite, Rubi, se meu irmão estiver vivo, mais cedo ou mais tarde ele nos alcançará, mas no momento não temos tempo a perder — disse Sieg.

— Se? Você acredita que o Lucca pode não voltar? Isso não pode ser verdade, ele vai voltar!...

— Para ser sincero, Rubi, não quero perder tempo pensando nisso. Estou mais preocupado em seguir em frente e fazer valer a pena o tempo que ele ganhou para nós. Agora se arrume, porque a batalha será difícil.

Sieg se afastou um pouco de Rubi e pronunciou algumas palavras num dialeto antigo. A armadura do Cavaleiro Branco surgiu na frente dele.

— Para que você trouxe isso?

— Para usar, ora. Achei que o meu irmão tivesse dito a vocês que o Cavaleiro Branco é uma figura quase mítica.

— Dizer, ele disse, mas ainda não entendo por que você pretende usar a armadura dele.

— Na verdade, essa armadura não é dele, mas da família. E os bárbaros do extremo norte tem um medo quase irracional do Cavaleiro Branco, graças aos feitos não só do meu irmão, mas dos outros dois antes dele. Pretendo capitalizar isso a nosso favor: é o que ele faria. Agora, vá se preparar, ok?

Tendo Sieg trajado de Cavaleiro Branco à frente, o grupo partiu ao encontro do inimigo que os esperava mais adiante, como Elza informara. A estratégia traçada por Sieg era simples: avançariam mantendo uma formação em forma de cunha, ele à frente, tentando passar pelos adversários lutando o menos possível e perdendo a menor quantidade de tempo.

Como esperado, a presença de Sieg vestindo a armadura criou certo temor, mas não suficiente para fazê-los desistir de lutar. Seguindo a estratégia previamente traçada, o grupo avançou, mas logo os bárbaros conseguiram detê-los. Lutaram como puderam, furiosamente, e ainda assim parecia que a situação não iria mudar.

Tentando abrir caminho para o grupo, Elza desmontou e assumiu uma forma intermediária entre elfo e leão; usando suas garras, começou a atacar, mas ainda assim não houve progresso; tudo indicava que eles tombariam antes de alcançar seu objetivo até que uma grande sombra os sobrevoou: uma figura usando vestes cinzentas e uma mascara branca, montada um grifo negro, jogou uma espada para Sieg.

— O Cavaleiro Branco luta usando espadas, e não machados, e você deveria saber disso — disse a figura para Sieg.

Sieg olhou para espada, uma das que haviam pertencido ao seu pai e depois ao seu irmão, e sorriu. Ao mesmo tempo, os bárbaros começaram a se apavorar diante da visão das duas figuras:

— Cavaleiro Branco! Elfo Cinzento! É um sinal do fim! Devemos ter desagradado o senhor das trevas! — gritavam alguns.

Aproveitando-se do pavor instaurado e da ajuda do recém-chegado, o grupo conseguiu abrir caminho entre a horda inimiga para prosseguir em sua jornada. Assim que haviam aberto uma distância segura, pararam para descansar.

Elza, já de volta à sua forma de elfa, caminhou em direção aos outros para tentar quebrar o gelo entre ela e os três "novatos", que a estavam evitando desde que se transformara.

— Não precisam ficar com medo de mim — disse Elza. — Mesmo quando me transformo completamente em leão mantenho a minha mente de elfa, apesar de meus atos parecerem mais selvagens. Não sei se vocês perceberam durante a batalha, mas não matei humano nenhum... feri muitos, mas não matei ninguém.

— Desculpe o mal jeito, Elza — disse Bernardo. — Mas, por mais que o Lucca tivesse descrito os seus poderes, ainda assim a gente se assustou com a sua súbita transformação no meio da batalha.

— Tudo bem, Bernardo, já estou acostumada com isso, mas, da próxima vez, não precisam ficar me evitando, eu não mordo... literalmente! — completou Elza.

Continuaram a conversa num tom agradável e leve, à exceção de Rubi, que se afastara para falar com Sieg e Ulik.

— Afinal, Sieg, quem é ele? Qual é a dele? — perguntou Rubi, apontando para o lado onde se encontrava o guerreiro trajado de cinza e seu grifo negro. — E por que os bárbaros se assustaram mais com ele do que com você?

— Ele é o Elfo Cinzento, outra figura lendária aqui no norte, famoso defensor dos povos civilizados e inimigo dos bárbaros. Agora, quanto a quem ele é, por que você não vai lá perguntar? Aproveita e chama os outros, creio que todos acharão a identidade dele no mínimo interessante — comentou Sieg.

Rubi falou com os outros e logo todos eles, até mesmo Elza, rumaram em direção ao local onde o mascarado se encontrava sentado.

— Afinal, quem é você? — Rubi perguntou. — Não quero parecer mal agradecida, longe disso, mas...

— Sim, quem é você? — reiterou Elza. — Porque, pelo que me consta, o Elfo Cinzento original está morto.

— Ora, Elza, achei que estivesse claro para você que o Elfo Cinzento, assim como o Cavaleiro Branco, é uma figura lendária... e as lendas nunca morrem, não é mesmo? — disse o estranho. — E já que vocês insistem tanto, vou retirar a minha mascara.

O mascarado se levantou e, calmamente, retirou sua mascara, revelando o rosto para os quatro que se encontravam diante dele.

— Você?! — falaram os quatro, espantados, ao mesmo tempo.

## 14. O retorno de Lucca

Rubi, com os olhos cheios de água, caminhou até ele e lhe deu um tapa na cara.

— Como você teve coragem de demorar tanto sem nem mandar um aviso! — gritou Rubi, entre lágrimas. — A gente já tava achando que você não voltava, pô!

— Ué, e você se importa com os meus sentimentos, Rubi?

— O que você acha, Lucca? Você acha que estou aqui assim, à toa? Sinceramente, não sei por que ainda estou perdendo meu tempo com você.

Rubi se afastou para junto da fogueira, com os olhos vermelhos. Lucca, diante do olhar de reprovação dos outros três, entendeu o que devia fazer. Caminhou até a fogueira, sentou-se ao lado dela e lhe estendeu um lenço.

— Desculpe, está bem? Desculpe por tudo. Não avisei antes porque simplesmente não deu... passei vários dias desacordado e quando acordei, tratei de vir logo atrás de vocês. Vamos esquecer o que houve no passado, tudo o que ocorreu antes de virmos para cá. Ambos erramos, não adianta ficar discutindo, nomear quem errou primeiro ou ficar de implicância boba — disse.

— Certo, mas você tem que entender que eu realmente achava que você queria algo mais sério do que apenas ficar comigo, mas hoje em dia, depois de ter convivido contigo neste mundo aqui, sei que não é assim, que é apenas o seu jeito de ser e, na verdade, acho que seu interesse por mim não passava de um desejo subconsciente pela Ardriel, motivado por saudades dela e pelo fato de que sou, de acordo com vocês, parecida com ela. — Rubi respondeu.

— Será? Nunca tinha parado pra pensar nisso.

— Mas eu, já. Pense só: um amor como o de vocês está acima até de feitiços de memória. Você, conscientemente, não se lembrava dela, mas sem saber a estava projetando em mim.

— Quanto a esse troço de projetar, bem, já tinham me dito isso... e te peço desculpas por tudo, por ter trazido você até aqui sem te alertar do perigo real a que te estava expondo e por ter exigido demais de ti, uma maturidade que uma adolescente como você não precisa nem deve apresentar. Desculpe, tá? Quer dizer, não me entenda mal, não estou te chamando de infantil, pelo contrário, você é uma pessoa madura, uma pessoa muito interessante, muito legal, mas exagerei...

Rubi não disse nada, só ergueu a mão com se fosse dar outro tapa em Lucca. Ele se encolheu todo, se preparando para apanhar de novo, mas, surpreendentemente, Rubi só passou a mão com cuidado na cicatriz que havia surgido na face direita do rapaz, indo da base do olho até o queixo.

— Dói muito? A cicatriz?

— Não, só doeu na hora, agora não dói mais. Depois eu peço para a Liliana fazer uma magia para tirar isso daí, mas a minha aparência no momento é o de menos.

— Vamos esquecer tudo e voltar ao que era? – pediu Rubi.

— Hã? — Lucca respondeu.

— Vamos esquecer todos os mal-entendidos e voltar ao que éramos, certo?

— Por mim, Rubi, perfeito, é o que eu sempre quis.

Os dois se abraçaram. Ainda abraçando Rubi, Lucca catou uma pedra e a arremessou na testa de Bernardo, que estava parado atrás dela fazendo desenho de corações no ar com os dedos.

— Lucca — disse Rubi, — Acho que isso é seu... — A moça se afastou e começou a tirar o cordão do pescoço.

— Fique com ele por enquanto, acho que você vai precisar mais do que eu, apesar do que eu já passei desde que voltei a esse mundo... Além disso, acho que o Rei Tauron está ficando mole, pois mal conheceu você e já me pediu que eu cuidasse de você como se fosse filha dele de verdade, assim, fique com o pingente, facilita pra mim nesse caso!

— Sei, realmente é muito útil. Aliás, Lucca, você não me contou ainda nada do que ocorreu com você nesse tempo em que esteve sumido.

— Isso, irmão — se intrometeu Sieg, que se aproximara silenciosamente. — O que aconteceu contigo nesse período? E por que você resolveu se vestir de elfo cinzento?

— Tá bom, eu conto... mas, antes, vamos nos juntar aqui na fogueira, assim me poupa o trabalho de repetir mais de uma vez.

Assim que todos se reuniram em torno da fogueira, Lucca começou a contar a história.

— Primeiro, vou responder à sua segunda pergunta, irmão. Tirei a ideia de me vestir de elfo cinzento do mesmo lugar de onde você tirou a de se vestir de cavaleiro branco: a intenção de mexer com o inconsciente dos bárbaros do norte. E quanto ao que se passou durante essa semana, bem... Algum tempo depois de vocês terem partido, tombei diante dos inimigos. Por mais que eu lutasse, a superioridade numérica deles acabou por me derrotar, e o que me salvou foi a sensibilidade da Liliana, sua esposa, Sieg. Ela me contou que, no momento em que desmaiei, sentiu que havia algo de errado com um de nós, e usou seus poderes sobre os animais para poder ver através dos olhos do meu grifo e entender o que acontecia. Ao me ver caído, Liliana ordenou a Flecha de Prata que me recolhesse e às minhas espadas e nos levasse até a casa dela. Meu grifo voou o mais rápido que pôde e, horas mais tarde, conseguiu alcançar o nosso destino. Meus ferimentos eram bem extensos. Alguns golpes tinham conseguido penetrar minha cota de malha, sem falar no corte do rosto. Por melhor curandeira que Liliana seja, ainda assim não foi nada fácil tratar de mim. Até porque as armas estavam envenenadas e, por isso mesmo, passei três dias num coma febril.

— Assim que despertei, providenciei um disfarce de elfo cinzento, um feitiço de aparência para o Flecha e parti sob os protestos de Liliana, que desejava que eu ficasse mais tempo lá para me recuperar melhor e ela poder tirar essa cicatriz do meu rosto... eu tinha pressa de encontrar vocês. Aliás, antes de partir, ela me deu uma bronca por eu ter me arriscado tanto, disse que eu já não posso me dar a esse luxo, visto que agora tenho uma filha para cuidar... Bem, isso foi, resumidamente, o que aconteceu — concluiu Lucca. — Mais alguma pergunta?

— Pergunta, não, Lucca, mas sou obrigado a concordar com a minha esposa... você agora tem uma filha em quem pensar antes de sair por aí se arriscando à toa — disse Sieg.

— É o roto falando do esfarrapado, Sieg — retrucou Lucca. — Posso ter uma filha pela qual zelar, mas você tem três... e a morte para mim, neste mundo, não é definitiva, mas para você, sim.

— É, pode ser, mas meus filhos têm a Liliana para apoiá-los... e Galawel só tem você. Além do quê, este é o meu mundo, irmão, e tenho a obrigação de lutar por ele — respondeu Sieg.

— Sinto interromper essa acalorada discussão fraterna, mas recomendo que nos deitemos cedo hoje para nos recuperarmos das batalhas... e também gostaria de saber se o Lukhz tem alguma novidade — interferiu Ulik.

— Novidade? Não, não tenho novidade nenhuma, mas tenho boas notícias. Em breve devemos estar sendo alcançados por uma tropa de elite de Arlon. E aproveitei para convocar alguns dos antigos membros do grupo de apoio para nos ajudarem contra os Cavaleiros do Apocalipse — acrescentou Lucca.

— Quem exatamente você chamou, Lukhz? — perguntou Ulik.

— Só o pessoal mais confiável, mesmo: Magor, Pedr e Br'no — respondeu Lucca. — Agora sugiro que a gente prepare nossas coisas para repousarmos, pois amanhã será um longo dia.

— Só duas coisas, Lucca... — disse Bernardo. — Quem é esse tal de "grupo de apoio"? E que ideia foi essa de jogar uma pedra em mim? Até ficou um galo!

— O grupo de apoio era um grupo de pessoas do nosso mundo que também possuíam pedras focais, só que menos poderosas, e que nos ajudavam em missões esporádicas. No caso, chamei os três mais poderosos e confiáveis entre eles — disse Lucca. — E quanto ao seu galo...

Lucca caminhou até Bernardo, pôs a mão na testa dele e fez com que o galo sumisse.

— Está contente agora? perguntou. — Agora vamos dormir, é melhor, pois a viagem amanhã será puxada.

Lucca se retirou para um canto e os outros seguiram seu exemplo. No dia seguinte, partiram cedo rumo a seu destino no norte.

## 15. Eukhadi

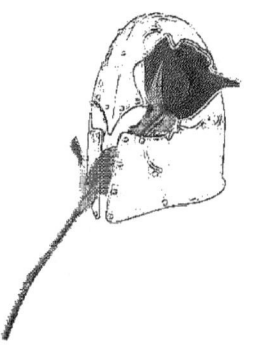

Quatro dias antes, logo após a partida de Lucca, Liliana cuidava de seu jardim.

— Aparece, Eukhadi, já te pressenti, vamos, aparece! Sabes que não podes te esconder de mim — disse ela.

Da penumbra saiu um rapaz moreno, de cabelos escuros, trajando um manto marrom.

— Eu já deveria imaginar que não poderia me esconder de ti, Liliana. Só quero que me digas uma coisa: onde está o teu cunhado? Me disseram que ele estava aqui se recuperando dos ferimentos de uma batalha. Pois bem, vá chamá-lo porque quero de volta as três pedras focais que ele roubou de minha casa.

— Onde tu pensas que estás para falar assim, Eukhadi? — disse a elfa. — Saiba que não temo o teu poder. Meu cunhado não se encontra mais aqui, já partiu. E quem és tu para chamá-lo de ladrão? Tu roubaste quatro anos da vida dele, acho que as joias foram mera retribuição por tudo que ele perdeu por tua causa. E mesmo que ele estivesse aqui, não poderia te dar as joias, pois as entregou a seus novos aliados, pessoas muito mais dignas de confiança do que tu. Aliás, não ouse ir atrás dele para cobrar as joias, caso em que serás tu o próximo a passar quatro anos sem memória, com a diferença de que perderás *todas* as tuas memórias. E agora suma da minha frente e não voltes aqui até teres feito a coisa certa, aquilo que já deverias ter feito muito tempo atrás.

— E o que tu queres dizer com "fazer a coisa certa"? — provocou Eukhadi.

— Para começar, ouvindo mais o teu coração e menos a tua razão. E poderias também parar com o deboche e a malícia. Se minha ameaça ainda não ficou clara, vou repeti-la: meu cunhado está muito próximo de conseguir aquilo que o impediste de fazer há quatro anos, ou seja, provar que Ardriel está viva e salvá-la. Caso tu ouses fazer o que for que o atrapalhe, juro que vou te fazer regredir mentalmente até a infância e tu sabes que sou capaz disso, por isso, não me provoque.

— Ora convenhamos, a Ardriel está morta, ou tu vais me dizer que agora também deste para acreditar nessa bobagem?

— Eu era muito ligada à Ardriel, gostava muito dela, tu realmente achas que eu não sentiria a morte dela? Tu podes ser o mago supremo da magia branca deste mundo, mas em termos de poder, não te equiparas a mim, Eukhadi. Assim, se não posso afirmar que ela morreu, como é que tu podes? Agora suma daqui que essa conversa já me cansou.

Com um gesto, Liliana teleportou Eukhadi para longe.

## 16. Os Cavaleiros do Apocalipse

Os seis rumavam ao norte, tendo um calado Lucca à frente. Fechando o grupo vinham Sieg e Rubi conversando.

— Sieg, afinal, o que há de errado com o Lucca? — perguntou ela.

— Como assim, errado?

— Ele está muito calado, muito quieto, geralmente estaria a esta altura falando asneiras sem parar. Sem falar naquela magia de cura que ele usou no Bê, ontem. Eu não sabia que ele era capaz disso.

— Ah, isso? Bem, acostume-se, Rubi, este é o verdadeiro Lucca.

— Como assim?

— Deixa eu ver como vou te explicar. Digamos que, desde que o meu irmão veio para este mundo, devido a todas as experiências pela qual passou, ele acabou amadurecendo bastante num curto período de tempo. Quando teve as memórias deste mundo apagadas, esse amadurecimento, por assim dizer, foi "esquecido" em parte, pois as situações que o haviam provocado tinham simplesmente "sumido" da memória dele; e assim ele voltou a ser, praticamente, aquele cara que era quando pisou aqui pela primeira vez. Agora, com a memória sendo recuperada por completo, é normal que o amadurecimento volte com ela, ou seja, que ele volte a ser o mesmo cara de quatro anos atrás, entende?

— Sim, acho que sim. Só não sei se isso é bom ou ruim, afinal, gosto do Lucca que eu conheço.

— Eu garanto que vai gostar "deste" Lucca também; são ambos a mesma pessoa e, embora apresentem níveis de maturidade diferentes, a essência deles é a mesma e, no final das contas, é a essência que realmente conta, não?

— É, acho que você tem razão; aliás, você sabe me dizer se esse silêncio dele tem algum outro motivo definido?

— Imagino que seja preocupação com um fato em especial.

— E o que seria?

— Descobrir quem está por trás de tudo isso, quem conseguiu reunir novamente os Cavaleiros do Apocalipse. No passado, eles foram criados e comandados por Darklit, senhor do terceiro subplano, e ele foi destruído pelo Lucca quatro anos atrás, como estava previsto pelos antigos...

— Previsto pelos antigos? Como assim?

— Aqueles a quem nos referimos como "os antigos", Rubi, foram elfos poderosos, reunidos numa ordem de magos há milênios atrás. Tinham o dom de prever o futuro e anotaram todas as previsões num grande livro. A ordem não existe mais, mas o livro está preservado em Arlon e previa a destruição de Darklit pelas mãos do Lucca, o que, pelo que a gente sabe, realmente aconteceu. E o livro nunca errou, se bem que...

— Se bem que o quê?

— Se bem que o livro afirma que a derrocada de Darklit se daria depois do resgate da claridade vitoriosa pela luz.

— E?

— Bem, "claridade vitoriosa" é o significado de "Ardriel" e "luz" é o significado de "Lukhz". Achamos que esse resgate era a mudança que o Lucca havia provocado na Ardriel, mas podemos estar enganados...

— Desculpe, mas, Sieg, não entendi de novo... Dá para ser mais claro?

—Ah, é que eu às vezes me esqueço que vocês estão aqui há pouco tempo, mas não se preocupe, tentarei ser mais claro daqui para frente.

— Ok, agora explica, que raio de mudança é essa que o Lucca provocou na Ardriel... e por que vocês acharam que isso era o resgate?

— Pois bem, por mais que eu tenha sempre amado Ardriel como uma irmã, tenho que reconhecer que na época em que o Lucca chegou aqui, ela andava, como vocês diriam no seu mundo, "um saco", uma pessoa difícil de lidar, beirando o insuportável, às vezes... estava longe de "iluminar" a vida dos outros como se esperava de alguém com o nome que ela tem. E isso começou a mudar com a chegada do Lucca. O Lucca fez um bem incrível, ela mudou da água para o vinho, se tornou uma pessoa agradável, carinhosa, gentil, como tinha sido um dia em sua juventude. Claro que o gênio dela continuou forte e difícil, mas ainda assim ela se tornou uma pessoa mais flexível. E esse relacionamento fez bem ao Lucca também, pois o levou a amadurecer bastante... ele também teve que aprender a domar o próprio gênio, igualmente forte, para poder lidar com a Ardriel. No início, ele foi bem intolerante, fazendo o que queria e não aquilo que ela mandava, e isso bem que ajudou, pois minha prima não estava acostumada a ouvir um não e acabou ouvindo vários... o que ensinou a ela que nem sempre as coisas são exatamente como nós queremos. Foi por isso que nós achávamos que *esse* era o resgate da claridade, citado no livro.

— Ok, agora entendi, mas por que você disse que vocês podem ter se enganado?

— Porque, pensa bem, Rubi, se nós tivermos sucesso na nossa missão, encontrarmos minha prima viva e a salvarmos, isso não teria que ser considerado o resgate dela?

— Sim. Mas se for esse último o resgate dela citado no livro, isso quer dizer que o tal Darklit ainda pode estar vivo?

— Talvez, é uma possibilidade bem plausível, visto que destruímos as joias negras dos Cavaleiros do Apocalipse há quatro anos e não é qualquer um que poderia recuperá-las.

— Não seria então o caso de avisarmos o Lucca?

— Ainda não. O Lucca já está tenso demais para ter que se preocupar com algo que é apenas uma hipótese. Além disso, sempre fui o responsável pelas táticas de batalha e não ele, logo, isso é problema meu. Agora vamos pedir ao meu irmão para aumentarmos o ritmo e alcançar antes do anoitecer aquele que será possivelmente o último ponto seguro daqui para frente.

Pouco tempo depois, o grupo alcançou um platô onde acamparam, se preparando para a grande batalha que os aguardava. No dia seguinte, partiram cedo rumo ao extremo norte. Um pouco à frente dos demais, Rubi vinha conversando com Lucca.

—Então, eu estava com uma certa dúvida a cerca da sua dupla identidade aqui...

— Como assim, Rubi?

— Já que iremos enfrentar adversários poderosos, a lógica é que você vista a armadura, certo?

— Certo, claro que vou vestir.

— Só que usando a armadura, você é o Cavaleiro Branco, e não Lukhz Bianchi, e, se estamos indo salvar a sua noiva, é normal que Lukhz Bianchi estivesse presente. Como você vai fazer para que os tais soldados que estão nos esperando não estranhem? Ou você irá abrir mão da sua "identidade secreta"?

— Ah, pois é. Eu já tinha pensado nisso e já tinha achado uma solução, bem simples, até.

— Qual?

— Vou usar a armadura, mas vou, ao mesmo tempo, me valer de uma ilusão para que não pareça que estou com ela; assim, vou ficar protegido sem chamar a atenção para o

Cavaleiro Branco. Agora, vamos parar de falar nesse assunto porque estamos quase chegando no ponto de encontro combinado com as tropas.

O grupo parou no lugar combinado para o encontro com as tropas de Arlon e com os membros do grupo de apoio. Após meia hora de espera, aproximou-se deles um grupo de soldados com o uniforme da guarda real de Arlon, tendo à frente A-Rol e, junto dele, três outros guerreiros: um elfo encapuzado, vestido com um peitoral de couro por cima de uma cota de malha e usando calças de um tecido grosso, com um grande arco e uma aljava nas costas; um anão com um traje pesado de batalha, carregando um grande machado de lâmina dupla e, curiosamente, sem barba (sim, curiosamente, porque a barba longa e espessa era uma marca dos anões de Noritvy, que costumam caçoar do rosto imberbe dos elfos); e um humano de uns dois metros e trinta de altura, vestindo apenas uma calça de pano, botas, uma camisa branca, usando munhequeiras de ferro e portando uma espada proporcional ao seu tamanho; carregava ainda debaixo do braço um elmo de aparência assustadora.

— A-Rol, Br'no, Pedr e Magor, sejam bem-vindos. É um prazer revê-los. Imagino que tenha sido relativamente tranquila a viagem até aqui — disse Lucca.

— Sim, dentro do possível, Lukhz — respondeu A-Rol. — E com vocês, está tudo bem?

— Tudo bem, sim. Aliás, já ia me esquecendo de fazer as devidas apresentações: Rubi, Renata e Bernardo, estes são Br'no, o arqueiro e meu irmão, também conhecido como Giordano no nosso mundo, Pedr, o guerreiro anão, e Magor, o gigante, membros do grupo de apoio ao qual eu me referi — disse Lucca.

— Desculpe interrompê-lo, irmão... — disse Sieg. — Mas o tempo urge e eu gostaria de discutir com você e A-Rol algumas estratégias de batalha que podem ser fundamentais para derrotar os cavaleiros negros.

Sieg, A-Rol e Lucca rumaram para um canto e, mais tarde, Lucca se reuniu com Rubi, Renata e Bernardo para repassar a eles o que tinha sido acertado.

— Seguinte, decidimos que o Sieg coordenará todo o ataque, por ser o mais experiente. Ele passará as instruções via pensamento — avisou Lucca.

— Via pensamento? — se espantou Bernardo. — E como nós vamos responder?

— Pela mesma via, Bernardo. Nós, que possuímos pedras focais, somos capazes de nos comunicar pelo pensamento, basta querer. Já o Sieg, bem, ele é capaz de se "sintonizar" com as pedras.

— Tá, tudo bem, mas qual será a estratégia de batalha, afinal? — perguntou Renata.

— Bem, Renata, isso dependerá de quantos Cavaleiros do Apocalipse aparecerem para nos confrontar, isto é, se encontrarmos algum — respondeu Lucca. — Já está tudo combinado, e na hora, conforme o caso, repassaremos as instruções. Não adianta perder tempo agora explicando mil e uma estratégias, sendo que só uma vai ser adotada, não é mesmo?

— É, faz sentido, mas acho que eu me sentiria mais segura conhecendo todas elas. Mas se você não quer contar, não adianta insistir — conformou-se Renata.

— Perfeitamente, Renata, pelo jeito você já está me conhecendo bem. Agora, veja se estão todos prontos para a luta, se todos os equipamentos estão em perfeita ordem, pois nosso destino nos aguarda depois daquela colina no horizonte — completou Lucca.

O grupo verificou os equipamentos e em seguida prosseguiram silenciosamente. Ao passarem pela colina, tiveram um vislumbre do que os esperava — um grupo de pouco mais de duas centenas de bárbaros e os quatro Cavaleiros do Apocalipse: Guerra, Morte, Peste e Fome.

Era fácil identificar quem era quem: Guerra era um guerreiro grande, trajando uma pesada e sinistra armadura negra com detalhes vermelhos; Fome era uma mulher esquelética, amarelada, que mais parecia uma múmia metida numa armadura negra com ar de enferrujada; Peste era um homem de aparência cinza-pálida, com uma nuvem amarelada de vapor emanando de seu corpo e o envolvendo e à sua armadura, onde se via o desenho de rostos contorcidos de dor e vermes; já Morte era um "velho conhecido" até mesmo de Renata, Rubi e Bernardo. Guerra se adiantou e falou:

— Não esperávamos que vocês conseguissem chegar tão longe! Meus parabéns! Mas saibam que isso é o máximo que vão conseguir. Aquela que vocês buscam está na caverna atrás de mim, mas vocês morrerão sem vê-la novamente.

Ninguém disse nada, nenhuma resposta às bravatas de Guerra, pois estavam todos atentos às ordens transmitidas via pensamento por Sieg: "A-Rol, Ulik e Pedr, vocês e os soldados deverão cuidar dos bárbaros; Rubi e Magor, como são espadachins e atacam de perto, caberá a vocês enfrentarem Morte, já que ele é mais eficiente com ataques à distância; Renata e Bernardo, Fome é de vocês, mas evitem se aproximar dela, ataquem à distância; Elza, você e Br'no cuidarão do Peste; Lucca, você voará o mais alto possível para escapar dos ataques e rumará logo para a caverna; Guerra é meu. Agora, vão, mostremos a eles que não deveriam ter ousado nos enfrentar!"

Seguindo a orientação do líder, partiram para cima dos inimigos tendo em mente que aquela poderia ser a batalha de suas vidas...

## 17. Fome, Peste, Morte e Guerra

R enata e Bernardo se posicionaram perante Fome.
— Estou nervosa, Bê... — disse Renata, em pensamento.
— E se a gente for derrotado?

— Relaxa, Rê... — Bê respondeu. — Como o Lucca sempre frisou, para nós a morte aqui não é definitiva, e estou aqui, do seu lado. Enquanto estivermos juntos, nada nos acontecerá, certo?

— Certo, ou ao menos espero que sim...

— Não se preocupe, porque vai ser isso que vai ocorrer. Vamos fazer como sempre fizemos nos treinos e vai dar tudo certo, Rê. Agora vamos.

— Ok.

Os dois começaram a atacar a amazona do Apocalipse seguindo as recomendações de Sieg para manter a maior distância possível. Renata disparava suas flechas certeiras, enquanto Bernardo usava acordes especiais para tentar paralisar a inimiga, mas seus ataques por muito tempo se mostraram aparentemente inúteis; a amazona só os provocava, os desafiando a chegar mais perto, enquanto seus ataques ameaçavam o casal cada vez mais. A cada disparo de energia negra lançada pela esquelética figura que estava cada vez mais perto, Renata e Bernardo se sentiam sedentos e famintos, mesmo que temporariamente, como se estivessem há uma semana atravessando um deserto sem água nem comida. Era o suficiente para terem uma ideia do que os esperava caso a amazona finalmente os tocasse. E reforçava neles a determinação de mantê-la o mais afastada possível.

Fome continuava a provocar e, diante das pilhérias dela, Renata e Bernardo nada diziam, só trocavam olhares e sorriram. Renata atirou uma flecha na direção da amazona, mas esta se desviou facilmente.

— É só isso que vocês conseguem fazer? Por que será que...

Antes que Fome conseguisse terminar a frase, a adaga de Bernardo acertou o meio do peito dela.

— O que você estava dizendo mesmo, hein? — Bê perguntou.

Bernardo caminhou até o corpo de Fome e com sua adaga, que ali já estava cravada, abriu um buraco no peito da mulher, de onde tirou uma joia negra.

— Bem, essa é a pedra que temos que destruir, não é mesmo? — confirmou Bernardo. — Rê, quer ter a honra?

— Claro, por que não?

Bernardo atirou a pedra para o alto e Renata acertou uma flecha em cheio nela, destroçando-a.

Ao mesmo tempo, Elza e Br'no enfrentavam Peste.

— Não entendo o meu irmão. Por que nos botar para cuidar logo de Peste? Ele tem jeito de ser o mais fraco dentre os cavaleiros — reclamou Br'no, mentalmente. — E acho que é um pouco óbvio para todos que basta não entrar em contato com o "futum" que ele exala para não ser afetado por ele.

— Talvez justamente por isso ele tenha nos dado essa missão.

— Como assim, Elza?

— Se ele realmente for o mais fraco, creio que nós dois,

juntos, não teremos problemas para derrotá-lo, e assim ficaremos livres para ajudar os outros, caso precisem.

— Visto por esse lado, creio que realmente você tem razão. E vamos parar de enrolar que os novatos já derrubaram Fome, não podemos ficar atrás deles.

— Isso está longe de ser uma competição, Br'no... mas, concordo, temos que ser mais eficientes.

Elza disparou uma flecha precisa, que arrancou o capacete de Peste.

— Então, conheces a figura? — perguntou Elza.

— Não, mas tô disposto a acabar com ele assim, sem mais nem menos. Até porque ele tem uma joia negra, logo deve ser do nosso mundo... e mesmo que não seja, com certeza este não é o corpo original dele.

Br'no disparou uma flecha que, para sua surpresa, parou num escudo energético erguido por Peste.

— E então, elfos, o que vocês pretendem fazer agora? — perguntou o cavaleiro do Apocalipse. — Pelo jeito, vocês vão ter que se aproximar de mim...

— E sentir essa catinga que você exala? Nada feito, a gente só vai insistir, feioso — respondeu Br'no. — Pronta para uma sequência, Elza?

— Claro, estou sempre pronta — ela respondeu.

Br'no e Elza começaram a disparar flechas em sequência, mirando num mesmo ponto do escudo do cavaleiro, onde o mesmo começou a rachar até que uma das flechas conseguiu atravessá-lo, acertando o guerreiro bem no meio do peito.

Br'no caminhou até o cadáver do cavaleiro e retirou a flecha; a joia veio junto. O rapaz as jogou no chão, sacou sua adaga e desferiu um golpe com o cabo dela, esfacelando-a.

Nesse exato momento Rubi e Magor estavam parados em frente a Morte, estudando o seu adversário.

— Tem quatro coisas que você precisa saber, garota, se pretende lutar contra Morte... — disse Magor à Rubi, em pensamento. — Primeiro, ele é o melhor guerreiro dentre os cavaleiros, só Guerra se compara, e mal. Segundo, se te colocaram para enfrentá-lo é porque você é capaz disso, nem Sieg nem Lucca são tolos de arriscar uma luta importante como essa. Terceiro, Morte no nosso mundo é homem e detesta ser lembrado disso, logo temos que explorar esse trauma se quisermos vencer, e sem nos prendermos a termos politicamente corretos, por mais preconceituoso que isso possa parecer. Por último, não se engane, ele é tão mortífero de perto quanto de longe. Seu toque é mortal e sua foice faz um estrago e tanto.

— Ok, alguma ideia de como vencê-lo?

— Para começar, temos que desconcentrá-lo, lembrando-o de sua condição real.

— Como?

— Você já vai ver...

Magor olhou para Morte e disse, num tom pejorativo:

— E aí, traveco, já se reacostumou a urinar sentado ou ainda insiste em fazer de pé? Ou será que tu, dessa vez, mantiveste todo o equipamento? Como é que tu não erras de banheiro?

— Seu insolente! — respondeu Morte. — Como ousas falar assim com uma dama?

— Dama? A única dama aqui tá do meu lado, tu não és dama nem aqui nem na casa do cacete, aliás tu tens ou tinha um, como é que podes ser uma dama?

— Ora, seu insolente, vou acabar contigo e com a baranguinha aí do teu lado. Pensando bem, vou guardar-te para o meu harém e vou matar só a bagulhinha mesmo.

— Opa, peraí... — disse Rubi. — Eu tô quieta no meu canto, moça, moço, ou seja lá que merda for, não te xinguei, então não me xinga. E posso ser baranga, mas ao menos sou mulher de verdade, e você?

— Insolente, você morre agora!

— Venha, então!

Morte partiu para cima de Rubi com sua foice. A garota tentou aparar o golpe, mas foi jogada no chão pelo impacto do choque entre sua espada e a foice da inimiga. Antes que a oponente pudesse desferir um golpe certeiro na elfa, Magor, movendo-se rápido como um raio, se intrometeu entre as duas, tirando Rubi dali; porém, acabou atingido de raspão no braço pela foice.

— Você foi ferido! — lamentou Rubi. — E por minha causa. Desculpe...

— Relaxa, mas fique atenta, a ideia é provocar Morte, não se deixar provocar por ela. E quanto ao golpe, não esquenta, pegou de raspão e sou grande o suficiente para resistir ao veneno.

— Certo, mas como vamos vencê-la?

— Tenho uma ideia, uma estratégia que eu costumava usar com o Lucca e acho que pode dar certo, mas você terá que ser rápida e precisa. Você consegue?

— Claro!

Magor passou as instruções mentalmente para Rubi.

— Pronta? — perguntou.

— Pode ter certeza...

Magor segurou com as duas mãos no cabo de sua espada, olhou sério para Morte e disse:

— Hei, coisa estranha, já comeu terra hoje, hein, dragulho?

— Como assim? — disse a amazona. — Acho que o sol fez mal pra sua cabeça, gostoso...

Ele não falou mais nada. Se valendo de sua incrível força e do tamanho de sua espada, desferiu um golpe potente no chão que levantou uma imensa nuvem de poeira, cegando Morte. Rubi, que estava posicionada atrás dele, saltou para cima dos ombros de Magor e, pegando impulso lá, pulou para frente com sua espada em riste, acertando um potente golpe que rasgou Morte de cima a baixo, quebrando a foice e a levando ao chão.

Antes que a amazona tivesse chance de se recuperar, Magor enfiou sua mão no corte feito por Rubi e arrancou do peito dela a joia negra.

— O que você fez? — perguntou Rubi.

— Eu? Só fui pegar aquilo que a gente queria — disse Magor, abrindo a mão e mostrando a pedra nela. — Agora vamos nos livrar disso — disse, e fechou a mão com força, esfarelando a pedra.

— Pronto, outro problema a menos — comemorou Magor. — Agora, Rubi, vá com Bernardo e Renata atrás do Lucca para ver se ele precisa de ajuda. Vou ajudar Ulik e Pedr a enfrentar os bárbaros.

— E Guerra? Será que o Sieg não precisa de ajuda?

— Não, deixe-o resolver isso sozinho. Há muito Sieg deseja enfrentar Guerra, e não recomendo que você se intrometa no caminho deles.

— Ok, se você diz, né...

Enquanto isso, simultaneamente, Sieg lutava com o último dos Cavaleiros do Apocalipse: Guerra.

— Os outros podem estar sendo derrotados, mas eu não serei, elfo. Afinal, sou o maior guerreiro deste mundo — disse Guerra.

— O melhor guerreiro deste mundo? Creio que tu só podes estar brincando. Não chegas aos pés do meu irmão e muito menos aos meus! — respondeu Sieg.

— É o que vais ver!

— Então vem e tenta mostrar que estou errado.

Guerra partiu para cima de Sieg empunhando sua sinistra espada negra. O elfo aparou o golpe com seus machados e o empurrou para longe.

— Se for assim que pretendes ganhar de mim, Guerra, então é bom que tu desistas, pois nem tu nem essa tua espadinha ridícula serão capazes de me atingir.

— Como ousas chamar minha espada de ridícula? Ela foi forjada pelo grande Darklit!

— Darklit podia ser um poderoso demônio, mas isso não fazia dele um grande ferreiro. E para provar que tua espada é ridícula, vou quebrá-la com o meu machado, que foi forjado por mim mesmo.

— Não seja ridículo! Vou fincar minha espada em teu peito e fazê-la beber teu sangue. — Dito isso, correu desgovernado, tomado pelo ódio, para cima de Sieg.

Este esperou calmamente e, quando Guerra chegou perto, girou um de seus machados com tal força e violência que quando este atingiu a espada do Cavaleiro do Apocalipse a cortou facilmente, deixando somente o cabo e uma pequena parte da lamina nas mãos de Guerra.

— E agora, elfo, terás coragem de atacar um homem desarmado? — disse Guerra, malicioso.

— Já deverias saber que eu não faço isso, Guerra. O sujo aqui és tu.

Sieg largou os machados no chão e partiu para cima do seu adversário. Logo de início conseguiu encaixar um soco no rosto de Guerra, que recuou alguns metros e teve seu elmo arremessado a uma grande distância.

— Esse foi pelas pessoas que tu mataste! – disse Sieg. Logo em seguida emendou outro.

— Esse é pelo meu irmão! — Depois disso, mais um.

— E esse por ter ousado atacar a minha família, quatro anos atrás!

Após o último soco, Guerra acabou caindo para trás, sendo varado por uma lança quebrada que estava presa no chão.

— Um fim tolo para uma pessoa igualmente tola — desdenhou Sieg. Dizendo isso, arrancou a pedra negra do peito dele e a espremeu entre as mãos, a destruindo.

Ao mesmo tempo em que tudo isso acontecia, Lucca estava entrando na caverna, acompanhado de seu grifo. Seguia lentamente para não ser pego por nenhuma armadilha, e chegou a uma grande câmara. No fundo, havia um cristal gigantesco, e dentro dele se via a imagem de uma bela elfa nua.

— Ardriel — sussurrou Lucca.

Começou a caminhar rumo ao cristal, mas uma nuvem de fumaça surgiu para impedi-lo. Dela saiu uma figura de pele cinzenta e ressecada, trajando um manto também cinzento e um tanto roto.

— Aonde tu pensas que vais, rapaz? — perguntou a figura.

— Resgatar minha mulher, Sad'Gorth, e se tu sabes o que é bom para ti, tire essa carcaça podre que estás utilizando atualmente como corpo do meu caminho.

— Palavras fortes para alguém que passou quatro anos longe daqui... Tu achas que podes me derrotar? Bem, as coisas mudaram por aqui...

— Sério? Bem, eu também mudei, não tenho mais um pingo de saco para aturar gente como tu, necromante maldito. E já que não saíste da minha frente, terás que aguentar as consequências.

Lucca apontou suas espadas para Sad'Gorth e disparou uma poderosa rajada que varou seu corpo, fazendo-o tombar.

— Eu avisei — disse Lucca, olhando para o corpo caído no chão.

Seguiu em frente com seu grifo ao lado, até junto do cristal. Quando os dois se preparavam para atacá-lo, uma voz os impediu:

— Espere, Lukhz — disse Eukhadi, que surgira da fumaça residual de um feitiço de teleporte, tornado possível pela queda de Sad'Gorth. — Tu não vais conseguir quebrar o cristal desse jeito, e mesmo conseguindo, é possível que acabasses ferindo Ardriel ou até algo pior.

— O que tu estás fazendo aqui, Eukhadi? Some daqui, isso não é da tua conta.

— Entendo a tua raiva, Lukhz, e, se quiseres, até podes me bater depois, mas agora me escute: sei como tu podes tirá-la daí sem feri-la.

— Então diz logo e esquece essa bobagem de eu te bater...

— Terás que te concentrar e tentar entrar em contato com a pedra focal de Ardriel para gerar um campo de força em torno da elfa; depois de isso feito, aí sim, poderás quebrar o cristal com segurança.

— Certo, farei o que tu sugeres, mas é bom que dê certo.

— Dará, agora te concentra, usa todo o amor que tu sentes por ela para te motivar.

Enquanto Lucca se concentrava, chegaram Bernardo, Renata, Rubi e Sieg.

— O que tu estás fazendo aqui, hein, Eukhadi? — perguntou Sieg.

— Depois de uma esclarecedora conversa com a tua esposa, resolvi ajudá-los. Sei que errei, e até disse que o Lucca poderia me bater depois, mas ele não quis.

— Se eu conheço bem a minha mulher, e conheço mesmo, ela deve ter te imposto um terror incrível, deve ter feito tu te sentires um lixo, no mínimo; aliás, o meu irmão pode não querer te bater, mas eu... — completando o que dizia, Sieg desferiu um soco que jogou Eukhadi no chão.

— Ai, tu me arrancaste um dente — disse Eukhadi, enquanto massageava o queixo. — Mas deixa estar, sei que mereci, e agora, por favor, peço silêncio. O Lukhz precisa de silêncio para se concentrar e tirar Ardriel dali sem machucá-la.

— E isso vai dar certo?

— Tenho certeza.

— Tanta certeza quanto tinhas de que ela estava morta?

— Está certo, errei quanto a isso, mas agora tenho certeza mesmo. E por favor, façamos silêncio.

Apesar do pedido de Eukhadi, Rubi começou a conversar com Bernardo, baixinho.

— Tiveram coragem de dizer que sou parecida com ela? — sussurrou Rubi. — Não temos nada a ver, ela é tão, tão, tão linda...

— Vocês são parecidas, sim, Rubi, mas concordo que ela é linda... o Lucca não exagerou nem um pouco quando a descreveu.

Renata pigarreou diante do comentário de Bernardo.

— Mas claro que a Rê é mais bonita — emendou.

— Obrigada pelo elogio, Bê — disse Renata. — Mas eu queria é que vocês se mancassem, pediram para a gente fazer silêncio. Aliás, prestem atenção, parece que algo importante vai acontecer.

Nesse instante, Lucca, que estava ajoelhado perante o cristal, de olhos fechados, abriu os olhos e uma luz surgiu envolvendo todo o corpo de Ardriel.

— Agora, Lukhz, tu e teu animal devem concentrar todo a força de ataque num ponto somente, no meio do cristal — disse Eukhadi.

Os dois fizeram como o mago os havia instruído. Surgiu, naquele ponto, uma rachadura que se propagou por todo o cristal, e este se partiu em milhares de pedaços. Ardriel despencou de onde estava, tendo sua queda aparada por Lucca.

— Tudo ficará bem daqui em diante — sussurrou ele, acariciando o rosto dela.

Comandados por Ulik e A-Rol, os soldados tinham acabado de derrotar os últimos inimigos quando viram uma cena que deixou a todos sem palavras: aqueles que estavam na caverna vinham saindo, tendo Lucca à frente, carregando em seus braços Ardriel, envolvida em sua capa.

# 18. Ardriel

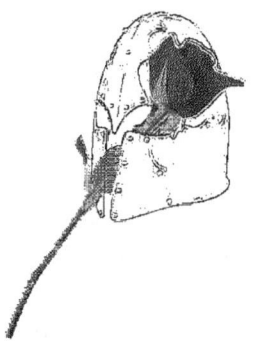

Uma grande festa estava sendo oferecida no palácio real de Arlon em comemoração à volta da princesa Ardriel.

— Nunca vi o Lucca tão feliz — comentou Bernardo com Renata e Rubi.

— É verdade... — disse Rubi, num tom meio triste.

— E por que esse ar triste, amiga? — perguntou Renata. — Conseguimos o nosso objetivo, salvamos a Ardriel, estão todos felizes, só você é que não, o que houve?

— É que eu vou ficar com saudades disso daqui, deste mundo. Apesar de todos os riscos que corremos, ainda assim gostei muito de estar aqui, é como se eu tivesse encontrado algo que estava me faltando.

— Estranho isso, de encontrar uma parte sua aqui, mas você que sabe... — disse Bernardo. — Mas quanto a sentir saudades, creio que isso não ocorrerá...

— Por quê? — perguntou Rubi. — Vão apagar nossa memória?

— Longe disso, vão é nos deixar ficar com as pedras e, assim, teremos livre acesso a este mundo — respondeu Bernardo. — O Rei Tauron até disse que nos sagrará Cavaleiros da Coroa de Erdan, ou seja, seremos sempre bem-vindos.

— Sempre mesmo? — insistiu Rubi.

— Sim, ao menos foi o que o Lucca disse, até porque parece que, neste mundo, não envelheceremos nunca, somos quase imortais, pois somos elfos — disse Bernardo.

— Gente, a conversa está boa, mas o Lucca está nos chamando — interrompeu Renata.

Os três se dirigiram até onde Lucca e Ardriel estavam sentados. Quando se aproximaram, os dois se levantaram.

— Meu amor... — disse Lucca, olhando para Ardriel. — Gostaria de te apresentar às três pessoas que me ajudaram a te resgatar. Sem a ajuda delas, você não estaria aqui hoje.

— Lucca me contou ontem à noite o que vocês fizeram — disse Ardriel.

— Antes ou depois das horas de sexo? Porque vocês conseguiram ficar mais de dez horas trancados no quarto... — interrompeu Bernardo, malicioso.

— Bê! — gritou Renata, dando um cutucão nele. — Desculpem a indiscrição do meu namorado...

— Não se preocupe, já estou acostumada. Meu noivo também é muito indiscreto quando quer. — disse Ardriel, sorrindo. E voltando-se para Rubi, emendou: — Então, você é que é minha "irmã" caçula? Realmente, somos muito parecidas.

— Com todo o respeito à senhora... — falou Rubi.

— Senhora não, você... — interrompeu Ardriel.

— Tá, com todo respeito a você, não nos acho parecidas. A senhora... quer dizer, você, é tão bela, mais até do que eu imaginava pelas descrições do Lucca — disse Rubi.

— Como se você não fosse também... — retrucou Ardriel. — Não sei onde os homens da sua cidade andam com a cabeça, menina... mas, acredite, você também é bonita, sim, e além disso...

— Com licença, amor, tenho algo que quero que vocês vejam... — interrompeu Lucca.

Lucca os conduziu até a grande mesa de jantar do salão. Sobre ela havia dois grandes bolos, e num deles uma vela, com a forma do número 1005.

— O que é isso, Lucca? — perguntou Ardriel.

— Ora, amor, você não está lembrada de que dia é hoje? — retrucou Lucca.

— Não, deveria? — insistiu ela.

— Considerando que o hoje é o seu aniversário e que você está completando mil e cinco anos, sim, deveria.

— É hoje?!

Ardriel soprou a vela e depois beijou Lucca de um jeito profundo e apaixonado. Em seguida, Lucca se virou para trás, e disse para Sieg:

— Pode se preparar porque a próxima vela é você que sopra.

— Como assim? — perguntou Sieg.

— Ora, irmão, você acha que esqueci que você completou um milênio alguns dias atrás?

— Sinceramente? — disse Sieg, sem graça. — Sim, eu achava, achava que você estava tão preocupado com a Ardriel que tinha esquecido o meu aniversário...

— Preocupado com ela, sim, e foi por isso que não comentei nada no dia, mas daí a esquecer há uma distância... Agora deixe de frescura e assopre a vela.

Sieg soprou uma vela em formato de 1000 que havia sido posta sobre o segundo bolo.

A festa continuou pela noite adentro e todos se recolheram aos seus respectivos quartos. No dia seguinte, depois do café, Rubi encontrou Renata e Bernardo numa das janelas do castelo, como se admirassem alguma coisa no pátio.

— O que vocês estão olhando? — perguntou ela.

— É melhor você mesma ver, Rubi... — respondeu Renata.

Rubi se aproximou da janela e olhou para o pátio. Viu Lucca lá embaixo socando uma grande pedra, com tanta raiva que já se via as marcas de sangue, o que a levou a deduzir que as mãos dele já deveriam estar em carne viva.

— Nossa, porque ele está fazendo isso? — perguntou Rubi.

— Não sei — respondeu Bernardo. — Eu até perguntei, mas ele me olhou muito sério e não respondeu.

— Parece que o único com quem ele conversou foi o Sieg, mas este só nos disse que não era para a gente se meter — emendou Renata.

— Bobagem. Vou descobrir o que houve — disse Rubi, e tomou o caminho do pátio apesar dos pedidos dos amigos.

Chegando lá, puxou Lucca para trás e perguntou:

— Afinal, o que houve? Está todo mundo dizendo que você passou aqui a manhã inteira, de mau humor, socando essa pedra, sem dizer nada. E olha só como estão as suas mãos, estão em carne viva!

— Me deixa em paz, Rubi, não preciso de ajuda de ninguém, muito menos da sua.

— Olha, eu achei que já tinha ficado claro pra você que eu me importo contigo, droga. E aquele papo de tudo entre nós voltar ao que era? Não vou deixar você em paz até me contar o que houve.

— Você não vai desistir mesmo, né?

— Não.

— Ok. A gente brigou por causa da Galawel. Ardriel acha que eu a  traí e que foi numa traição dessas que eu fiz a Galawel... e não foi isso que aconteceu.

— Eu sei, você me disse e eu acredito. E você não disse isso pra ela?

— Disse, mas ela não quis acreditar.

— E o que você pretende fazer?

— Nada. Já mandei levarem minhas coisas para uma estalagem aqui perto. A Galawel, que veio com a Liliana, vai ficar aqui na creche do castelo mesmo.

— Você não pretende nem mesmo tentar argumentar?

— Não, a cabeça dela está ainda confusa... por causa dos quatro anos que ficou em animação suspensa dentro do cristal. Tenho fé que, com o tempo, ela verá a verdade.

— E é só isso que você vai fazer? Fugir?

— Não vou fugir, vou dar espaço para ela pensar, é diferente. E com licença que tenho que tomar um banho e ir até a creche do palácio, prometi passar lá para contar uma história para as crianças.

— Peraí, Lucca. Antes a gente tem que dar um jeito nas suas mãos.

— Ah, isso?

Ele juntou as mãos, sussurrou algumas palavras e as feridas fecharam quase que instantaneamente.

— Peraí, você usou magia de cura em você mesmo, Lucca? Isso não deveria doer muito? — perguntou Rubi.

— Sim, mas a dor que senti nas mãos não se compara à dor que estou sentindo dentro de mim, Rubi... Agora, com licença, tenho que me arrumar.

Lucca caminhou em direção ao castelo, deixando Rubi sozinha no pátio.

*Isso não vai ficar assim* — pensou ela. — *Ele pode querer não pressioná-la, mas eu terei uma conversa com a minha "irmã".*

Rubi entrou no castelo e o percorreu por inteiro até que encontrou Renata.

— Venha comigo, Rê, preciso da sua ajuda — disse ela, e pegou Renata pelo braço puxando-a pelo castelo afora.

— Hei, aonde a gente tá indo, dá para me dizer, hein, Rubi?

— Botar juízo na cabeça da minha "irmã", serve?

— Tá, mas por que, posso saber?

— Porque eu descobri o motivo de o Lucca estar tão irritado.

— Eles brigaram, foi isso?

— Sim, e por um motivo besta: a Galawel. Ardriel acha que Lucca a traiu quando "fez" a menina, por assim dizer...

— Que bobagem... ele sempre frisou para a gente que namorou a mãe da Gala antes de se envolver com a Ardriel...

— Sim, só que ela não quis acreditar.

— E o que você pretende fazer?

— Eu não, nós... E não faço muita ideia não, mas na hora pretendo bolar algo. Agora, vamos catá-la. — E foram procurando pelo castelo até que a encontraram, por coincidência perto da creche real.

— Peraí, "irmã"... — disse Rubi, — Temos algo para conversar.

— É mesmo? O quê? — perguntou Ardriel.

— Como você tem coragem de jogar fora um homem como o Lucca? — provocou Rubi.

— Meus problemas com o Lucca não são da conta de vocês — respondeu Ardriel.

— A partir do momento que o Lucca se tornou nosso amigo, passaram a ser — disse Renata.

— Isso mesmo — emendou Rubi. — Acusá-lo de ter te traído é uma burrice e tanto.

— E o que você acha que aconteceu, "maninha"? — perguntou Ardriel. — Sumi por quatro anos e quando volto, ele me aparece com uma filha de quatro anos... É muita coincidência, não?

— Só uma pergunta: quanto tempo dura a gravidez de uma elfa? — perguntou Renata.

— Ora, a mesma de uma humana: nove meses — respondeu Ardriel. — Mas o que isso tem a ver?

— Entendi o que a Renata está pensando — disse Rubi. — Há quantos anos vocês estão juntos, "maninha", considerando esses últimos quatro?

— Bem, uns quatro anos e meio. E ainda assim, ele teve coragem de me trair — disse Ardriel.

— É nisso que você está se confundindo, princesa — disse Renata. — A fofa da Galawel tem pouco mais de quatro anos, uns quatro anos e dois meses, parece, o que nos permite afirmar que ela foi "feita" há uns quase cinco anos, quando vocês ainda não estavam juntos.

— Ainda assim, por que ele nunca me contou nada? — insistiu Ardriel.

— Talvez porque ele não soubesse — respondeu Renata. — Ele só a conheceu quando voltou para cá, conosco.

— Mas... — começou Ardriel a se defender.

— Mas, coisa nenhuma... — Rubi a interrompeu. — Você não está a fim de ceder mesmo, né? Pois bem, dizem que uma imagem vale mais do que mil palavras...

Rubi puxou Ardriel pelo braço e a levou até a porta da creche. Abriu a porta delicadamente e obrigou a princesa a olhar lá para dentro. Ela viu Lucca dormindo, rodeado pelas crianças da creche, com um livro de histórias caído no peito e Galawel dormindo apoiada na barriga dele. Rubi a puxou para fora de lá.

— É esse homem que você quer deixar ir? É desse pai que você quer privar a criança que você está esperando? Sim, porque Liliana já nos contou que você está grávida, que já estava antes de sumir, e que, aparentemente, o feitiço de animação suspensa não afetou o bebê. E não tenho dúvida de que ele vai ser um pai maravilhoso para a Gala... Aliás, ele gosta tanto de você que virou este mundo pelo avesso para encontrá-la, e agora está saindo do palácio só para deixá-la mais confortável, mas o que uma princesa mimada como você entende de gostar? — disse Rubi. E se voltando para Renata: — Vem, vamos embora, Rê, já não temos mais nada para dizer pra ela, mesmo.

As duas partiram juntas, deixando Ardriel sozinha no corredor.

Mais tarde, ao anoitecer, caía uma chuva fina quando Lucca deixava o castelo em direção à pensão, antes que uma voz o parasse:

— Não vá, por favor, não vá!

Lucca se virou e viu Ardriel na chuva, olhando para ele.

— Por que não?

— Porque eu te amo e sinto sua falta.

Os dois correram um na direção do outro, se abraçaram e se beijaram, enquanto Rubi, de uma janela no alto do castelo, assistia à cena e sorria.

À noite, foi organizado um jantar íntimo, com Lucca, Ardriel, Bernardo, Renata, Rubi, Elza, Sieg, Liliana, os reis Tauron e Tiron e a rainha Ahmawen à mesa.

— Afinal, Ardriel, como você pode ter certeza de que vai ser um menino? Você só está com pouco mais de um mês de gravidez — disse Rubi.

— Acredite, Rubi, as mulheres de nossa família pressentem isso, sempre — respondeu Ardriel.

— E o nome, minha sobrinha, vocês já escolheram? — perguntou a rainha.

— Bem, a gente pensou em batizá-lo no outro mundo como Miguel, ou seja, Mikel neste aqui.

— Eu gosto, minha filha, é um nome de força — disse o Rei Tauron. — Agora sugiro um brinde ao meu futuro neto.

E enquanto levantavam um brinde à criança uma fumaça acinzentada tomou conta da sala.

## 19. Darklit

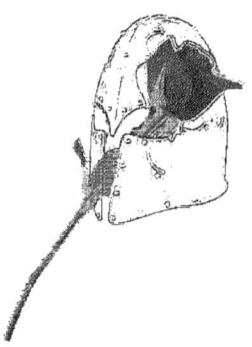

Do meio da fumaça, saiu uma figura familiar.

— Que bonito, ver toda a família reunida — disse a figura.

— Gingars! — exclamou o Rei Tauron. — O que fazes aqui?

— Então achaste mesmo que ia se ver livre de mim tão facilmente, "majestade"? E, por favor, me chama por meu verdadeiro nome: Darklit. O ambicioso Gingars está morto há quatro anos, desde que possui o corpo dele. O infeliz achou que eu tinha dado a ele poderes especiais, quando, na verdade, só o estava preparando para ser meu receptáculo, caso meu corpo original fosse destruído. No ataque final que fizeram a mim, há quatro anos, eu tinha duas escolhas: ou fugia para preservar meu corpo, que estava gravemente ferido, ou usava o que me restou de energia para sumir com sua filha e prendê-la num cristal, enquanto transferia minha mente para o corpo de Gingars. É óbvio que escolhi a última opção, pois é a que causaria mais dor a vocês. Só precisei deixá-la aos cuidados de Sad'Gorth, e posso dizer que ele fez um bom trabalho. O que me agrada ainda mais é ver que, agora que a família realmente está completa e encontraste tuas duas filhas, vou poder destruir todos vocês.

— Minhas duas filhas? O que tu queres dizer com isso?
— perguntou Tauron.

— Ora, "majestade", lembras-te da pequena Cristal? A
que nasceu morta séculos atrás, no parto que custou a vida de
tua esposa? Pois bem, ela não morreu, eu a roubei: troquei-a
pelo cadáver de outra criança e a mantive como um troféu, em
animação suspensa. Há dezesseis anos, quando tive a ideia de
criar os cavaleiros negros, mandei a criança para o outro mundo, para o mesmo mundo que gerou os cavaleiros brancos.
Pensei que um mundo violento como aquele poderia forjá-la
apropriadamente para meus propósitos, e o destino conspirou
a meu favor. No dia que a enviei para lá, para a maior cidade do
mesmo país onde nasceu o atual cavaleiro branco, uma mulher
dava à luz a uma menina que nasceu morta, mas era incrivel-
mente parecida com a tua filha. Só precisei transformar a pequena Cristal em uma criança humana e substituí-la. Infelizmente, quatro anos atrás ela era muito nova para ser recrutada,
e agora o maldito Lukhz a recrutou antes de mim. Mas isso não
importa, terei o prazer de matar ambas na tua frente, Tauron,
sem que tu possas fazer qualquer coisa para impedir.

— Peraí — se intrometeu Rubi. — De quem você está
falando?

— Ora, de tu mesma, "princesa" — disse Darklit. — Tu
és a filha perdida de Tauron, e que ele voltará a perder.

— Tu só te enganaste com relação a uma coisa, Darklit
— disse Lucca. — Pode ser que o Rei Tauron não seja capaz de
fazer nada, mas eu sou. — Ao dizer isso, sacou suas duas espadas, as uniu e disparou um poderoso raio, que fez um grande
furo no corpo de Darklit.

— Belo esforço, cavaleiro, mas inútil... este corpo já está
morrendo, porque já o estou abandonando para assumir minha
forma verdadeira novamente — disse Darklit. E se voltando
para Tauron: — Isso tudo poderia ter sido diferente se tiveste
me indicado para teu herdeiro. Eu só tentaria armar a tua morte, em vez de ser obrigado a declarar guerra a todos vocês.

— Tu não conseguiste derrotar-nos no passado, Darklit, no auge do teu poder. O que te leva a crer que nos vencerá agora? — intrometeu-se Liliana. — Creio que até mesmo eu, sozinha, conseguiria liquidá-lo e sem suar muito, hoje em dia.

— Isso seria verdade, elfa, se eu estivesse reconstituindo meu corpo neste mundo, mas não estou. Arranjei um mundo melhor para fazer isso, um mundo onde a magia negra predomina e que vocês conhecem bem — disse Darklit.

— Tu não podes estar falando do lugar de que tu estás falando, não é mesmo? — perguntou Lucca.

— Sim, guerreiro, estou falando do teu mundo. E antes que vocês tentem me seguir, saibam que travei a abertura de qualquer novo portal ligando este mundo ao teu. A única maneira de voltarem para lá será usando as joias, mas, dessa forma, vocês chegarão sem poder algum e não poderão impedir que eu o conquiste. E assim que eu tiver feito isso, invadirei este mundo aqui e irei conquistá-lo, o que me permitirá dominar todo o Nexo e, por consequência, todo o multiverso. Desistam, vocês não terão como me derrotar, minha vitória já é um fato.

Um clarão envolveu o corpo de Darklit/ Gingars e todos viram a essência do demônio sair dele, deixando para trás apenas uma carcaça apodrecida e sem vida.

— E agora? Será que ele falou a verdade? — perguntou Bernardo.

— Espero que não, Bê, só a ideia já me apavora — respondeu Renata.

— Calma, meus jovens... — disse a rainha. — Tenho certeza de que encontraremos uma solução.

Lucca, Sieg e Elza falaram ao mesmo tempo:

— A cidade cristã!

— Duvido que ele tenha conseguido fechar o portal de lá... — emendou Lucca. –Darklit disse que não seríamos capazes de abrir novos portais, mas não falou nada sobre ter fechado os antigos.

— Além do mais, duvido que ele tenha poder para fazer isso — disse Sieg. — Do jeito que ele mesmo disse que está enfraquecido, não conseguiria.

— Acho, então, jovens, que é melhor vocês se prepararem para a guerra — disse o Rei Tiron. — Mandarei minha guarda pessoal ir com vocês, caso ocorra algum problema.

Enquanto os outros terminavam de se arrumar, Sieg e Liliana conversavam num canto.

— Você deveria ir com eles até o outro mundo confrontar Darklit — disse Liliana.

— Eu adoraria, amor, mas você se esqueceu de que aquele mundo é tóxico para nós, elfos?

— Não seja por isso... gerarei um feitiço para protegê-lo lá por algum tempo. E tenho certeza de que, se você não for, Darklit não tombará.

— Por que essa certeza, amor?

— Porque andei revisando a tradução do livro dos antigos e tenho quase certeza de que o trecho que previa a derrota de Darklit foi traduzido errado.

— Como assim?

— Você se lembra de que a página está meio danificada e faltam algumas palavras, certo?

— Sim.

— Pois bem. Tenho para mim que em vez de "a queda do demônio se dará perante a terceira cruz", a tradução correta seria "a queda do demônio se dará perante as três cruzes". Lembre-se de que, no idioma antigo, uma só palavra é usada para significar três, terceira e terceiro... não dá para ver o artigo antes do número... e não existia palavra para "cruz", logo, eles desenharam uma, assim não dá para saber se seria "cruz" ou "cruzes".

— E eu seria uma das três cruzes?

— Sim, é este o único momento da história em que temos três guerreiros trajando armaduras com o desenho de uma cruz: você, seu irmão Lucca e Ardriel.

— Opa, peraí, até estou entendendo por que você quer que eu vá, mas duvido que o Lucca aceite a ida da Ardriel, com ela grávida.

— Amor, você conhece a sua prima. Você acha que ela dará ao Lucca esse direito de escolha?

— Sinceramente? Não. Mas ainda assim, acho que deveria ficar aqui.

— É o direito dela, lutar ao lado do homem que ama. É o que eu gostaria de fazer: ir com vocês, mas tenho uma família para proteger.

Sieg nada disse. Apenas beijou Liliana, apaixonadamente. Ela entregou a ele um cristal pendurado numa cordão.

— Use esse talismã, amor. No momento em que você pisar no mundo dos homens, poderá ficar lá por até duas horas sem sentir sua força falhar. Agora vá, os outros esperam por você.

Já estavam todos reunidos para partir, esperando por Sieg e também por Rubi, que conversava num canto com o Rei Tauron.

— Cuida-te, minha filha — disse o rei. — Demorei tanto tempo para te reencontrar que não ouso sonhar perder-te, mas, ao mesmo tempo, sei que tens que ir salvar o teu mundo.

— Nem eu quero perder o senhor — disse ela.

— Posso te pedir uma última coisa?

— Diga...

— Senhor, não... eu gostaria que me chamasses de pai, ou, se for muito difícil, de Tauron, ao menos.

— Tá bom, pai...

Os dois se abraçaram. Em seguida, Rubi se juntou aos outros e partiram rumo ao noroeste.

— Afinal, que raio de cidade cristã é essa para onde a gente tá indo, hein, Lucca? — perguntou Bernardo.

— E por que você não teleportou a gente pra lá, se temos pressa? — perguntou Renata.

— Aliás, por que esse nome? Por que cidade cristã? — emendou Rubi.

— Calma, gente, calma. Um de cada vez — pediu Lucca. — Não fomos para lá via teleporte porque alguma coisa está nos impedindo. E a cidade cristã, bem, é uma longa história, mas vou tentar resumi-la. Parece que, há uns duzentos anos, caiu nas mãos da Igreja Católica do nosso mundo um dispositivo mágico que abriu um portal para cá. Não me perguntem a origem do dispositivo, porque ninguém sabe ao certo. De qualquer maneira, a Igreja mandou uma equipe de exploradores e, depois, de catequizadores para montar uma cidade do outro lado do portal. Na época, o mago branco supremo que estava no poder entrou em acordo com eles: os colonos não trariam nenhum equipamento moderno, nenhuma tecnologia que não existisse por aqui; e ele permitiria que o portal ficasse aberto. É por ele que iremos para o nosso mundo.

— Por curiosidade, aonde vai dar esse portal? — perguntou Rubi.

— Às catacumbas que existem embaixo do Vaticano — respondeu Lucca.

— Tu tá brincando, né? — perguntou Bernardo.

— Não... estou falando sério. E agora fique atento, estamos chegando.

Quando o grupo passou pela colina, vislumbraram um grande vale verde, e, ao fundo deste, uma imponente cidade-fortaleza. Embora não fosse tão bela quando Erdan ou Arlon, ainda assim sua visão era grandiosa. Suas muralhas estavam cercadas por tropas de orcs, semi-orcs e humanos que carregavam estandartes com o símbolo de Darklit.

— Rumem para a cidade sem se preocupar com os invasores; eu e a guarda real cuidaremos de dar cobertura a vocês — disse A-Rol para Lucca.

— Certo, mas tome cuidado — respondeu Lucca.

— Ora, nós somos a elite de Arlon, não tombaremos facilmente — retrucou A-Rol. — E agora vão!

Se valendo da proteção da guarda, os sete guerreiros e o grifo de Lucca conseguiram adentrar os portões da cidade; logo rumaram para o prédio do governo, onde estava o portal. Em frente ao edifício, duas pessoas os aguardavam: um homem que aparentava ser padre e uma mulher encapuzada.

— Padre Joseph, eu esperava revê-lo num momento mais tranquilo — disse Lucca.

— Eu também, meu filho, eu também. Saiba que já passei todos os detalhes da situação aos meus superiores no outro mundo; assim, vocês serão bem recebidos no Vaticano. E embora eu saiba que o tempo urge, tem uma pessoa que quer falar com vocês antes de sua partida.

A mulher ao lado do Padre retirou o manto e o capuz que usava, revelando a aparência de uma elfa, de longos cabelos escuros; embora trajada de maneira simples, era impossível não notar sua presença e altivez. Sieg, Lucca, Ardriel e Elza logo se ajoelharam perante ela. Os outros três, embora não entendessem o que estava havendo, seguiram o exemplo.

— Não precisam se ajoelhar, meus filhos — disse a elfa. — Estou aqui para abençoá-los, para dizer que estou rezando pelo sucesso de vocês.

— Obrigado, majestade — disse Lucca.

— Não há de quê, rapaz... É impressionante como a cada dia mais você lembra, tanto em aparência quanto em porte, o seu trisavô, meu falecido marido. E você, Sieg, lembra cada vez mais o seu pai — respondeu ela. — Duas últimas recomendações: Ardriel, tome cuidado, lembre-se de que você agora está zelando por duas vidas; e Rubi, minha jovem, também quero vê-la de volta aqui, pois quero ter a chance de conhecer melhor minha nova bisneta. Agora vão, meus filhos, e lembrem-se, em suas mãos está o destino de todos os mundos.

Os oito atravessaram o portal e, quase instantaneamente, estavam em uma catacumba muito antiga. Subiram as escadas até um pavimento superior, onde um homem que parecia um monge os esperava. O monge informou que as forças de Darklit tinham começado seu ataque pela cidade natal de Lucca, o Rio de Janeiro, para onde o grupo partiu imediatamente.

— E desta vez? Por que desta vez a gente não se teleportou sem escalas, direto para o Rio, se temos pressa? Por que essa viagem "pinga-pinga"? — perguntou Bernardo.

— Porque aqui meus poderes não são tão fortes quando do outro lado, e eu, simplesmente, não tenho condições de nos levar até lá de uma só vez. Aliás, tomem cuidado, pois todos vocês estarão mais fracos aqui, até porque boa parte da energia de suas pedras focais está sendo usada para impedir que seus corpos élficos enfraqueçam neste mundo — respondeu Lucca.

— E por que isso ocorre? — perguntou Renata.

— Ah, Lucca... — intrometeu-se Rubi. — E aquela moça que falou conosco antes de entramos no portal, quem era?

— O enfraquecimento dos elfos ocorre devido à poluição e ao desequilíbrio entre as magias — disse Lucca. — E a moça, Rubi, era Alaria, antiga rainha de Sudher, viúva de meu trisavô e sua bisavó por parte de mãe. Depois da morte de seu marido, passou a se dedicar ao cuidado dos necessitados, o que condiz com seu nome, que significa "protetora"; e quando a cidade cristã foi estabelecida, ela se mudou para lá.

— Minha bisavó? — reagiu Rubi, com espanto.

— Sim, minha irmã, nossa bisavó — respondeu Ardriel. — Nossa mãe, Ahmadriel, era neta dela. E agora, por favor, fiquem atentos, pois quando passarmos pelo próximo portal, estaremos no Rio, e não sabemos o que nos espera por lá... só que o portal nos deixará perto de Darklit.

Atravessaram o portal e saíram numa área familiar para alguns, mas desconhecida para outros.

— Putz, estamos perto da Marina da Glória — disse Bernardo. — Mas cadê o tal demônio?

— Hã, Bê, que tal você olhar para lá? — disse Renata, apontando em direção ao mar.

Do meio do mar saía um gigante negro, com asas sinistras e um par de chifres enormes nas laterais da cabeça. Em volta do monstro se viam unidades militares e da polícia local tentando inutilmente combater a criatura, que apenas gargalhava perante os ataques.

— Humanos tolos, seus ataques são inúteis, o seu destino é servir a mim — falou Darklit.

— Não seja tão precipitado, demônio — disse Lucca. — Estamos aqui e vamos deter-te.

— Ora, jovem cavaleiro branco, tu realmente achas que conseguirás? Este mundo é um paraíso para mim, afinal, estou mais forte e tu estás mais fraco, isso, graças ao teu povo, que insiste em destruir este mundo, alterando assim o equilíbrio da magia a meu favor — respondeu Darklit.

— Isso nunca nos impediu antes, monstro, e não vai nos impedir agora.

Os guerreiros partiram para cima de Darklit, mas este mal sentiu o ataque; e revidou, jogando-os longe e atingindo os humanos que estavam por perto.

— Temos que tentar uma nova abordagem — disse Sieg, em pensamento, para Lucca. — Antes de partirmos, Liliana me disse que tinha certeza de que a ruína de Darklit viria através de mim, de você e de Ardriel.

— Alguma sugestão? — perguntou Lucca, igualmente em pensamento.

— Bem, pode parecer uma ideia suicida, mas sugiro mandar os novatos e Elza tirarem os humanos daqui, enquanto eu, você e Ardriel concentramos nossos ataques em Darklit.

— E você acha que isso pode dar certo?

— Sinceramente, não sei; mas, ao menos, não teremos que nos preocupar com a proteção dos humanos.

— Sabe de uma coisa? Dane-se, faremos do seu jeito e seja o que Deus quiser.

Enquanto Rubi, Renata, Bernardo e Elza evacuavam as proximidades, Sieg, Ardriel e Lucca — acompanhado de seu grifo, Flecha de Prata — atacavam Darklit sem cessar. Os ataques pareciam inúteis, meros reflexos na lustrosa carapaça negra que envolvia o corpo do demônio.

— Vocês realmente acham que vão me deter? Só vocês três? Graças a todo o ódio, raiva e destruição que há neste mundo, consegui formar esta carapaça em torno do meu corpo, e ela é imune aos seus poderes.

Os três nada responderam, só continuaram atacando, embora seus atos, em princípio, parecessem não resultar em nada. Mas, com o tempo, os golpes deles começaram obrigar o demônio a recuar, parecendo que este enfraquecia, enquanto eles se fortaleciam; até que um deles provocou uma rachadura no centro da carapaça de Darklit.

— Como isso é possível? Como eu posso estar enfraquecendo e vocês se fortalecendo? — perguntou o demônio, abismado.

— Simples, Darklit: as pessoas deste mundo têm fé e esperança — respondeu Lucca.

— Mas eu não acredito em teus deuses, verme, como isso pode me afetar? — insistiu Darklit.

— Embora tu não acredites, monstro, o povo deste mundo acredita, e isto é suficiente — disse Ardriel. — Garanto que boa parte dos que estão acompanhando esta batalha está rezando para seus deuses, pedindo a tua derrota. E a fé deles está reforçando a magia branca e enfraquecendo a negra. A esperança deles de vê-lo derrotado tem este efeito, e é por isso que tu vais cair.

— Posso ter enfraquecido, elfa metida, e vocês podem ter conseguido rachar a minha carapaça, mas seus golpes ainda não me atingiram e não irão me atingir — se vangloriou Darklit.

— Não tenha tanta certeza, demônio — disse Sieg.

Em seguida, o elfo girou seu machado com força e o arremessou na direção do inimigo. A arma atingiu a carapaça bem na rachadura e um fino filete de sangue negro escorreu junto à lâmina.

— Agora! — gritou Sieg. — Antes que ele arranque o machado!

Ardriel e Lucca dispararam fortes rajadas de energia em direção ao machado, que as conduziu para o interior do demônio, fazendo com que este explodisse.

— Terminou? — perguntou Lucca.

— Sim, meu amor, terminou. Não sinto a presença dele em lugar algum, e, desta vez, a essência dele não tinha para onde fugir.

— Não terminou não, ainda tenho que buscar meu machado no mar — disse Sieg, sorrindo.

Enquanto o elfo resgatava a sua arma, os outros se aproximaram.

— Afinal, como vocês conseguiram? — perguntou Rubi. — Ele parecia imune a qualquer ataque nosso...

— Mas não era, irmã; só a carapaça é que sim — respondeu Ardriel. — Por isso usamos o machado do Sieg como condutor, o que permitiu que nosso ataque acabasse acertando o monstro em cheio, o destruindo.

— Por falar em Sieg, cadê ele? — perguntou Bernardo.

— Estou aqui, rapaz — disse Sieg, saindo da água. — Fui buscar o meu machado. E agora sugiro que a gente parta antes que as autoridades daqui queiram ter uma conversa conosco.

Embarcaram num portal direto para Arlon, aproveitando que a barreira criada entre os dois mundos por Darklit havia caído junto com ele.

Naquela noite, no palácio real de Arlon, foi oferecido um grande baile em comemoração à vitória dos heróis e à derrota de Darklit. Ardriel conversava com Rubi e Elza num canto do salão quando Lucca se aproximou, trazendo Galawel no colo.

— Galawel, tem alguém aqui que o papai quer que você conheça, é alguém muito especial para ele — disse Lucca. — Essa é a Ardriel, a noiva do papai.

— Oi, moça — falou Galawel. — Você é a minha mãe?

— Galawel... — disse Lucca. — Quantas vezes eu já disse que não é pra você sair perguntando isso para todas as minhas conhecidas?

— Deixa estar, meu amor — se intrometeu Ardriel. E, se voltando para Galawel, respondeu: — Não, meu anjo, não sou, mas posso vir a ser se você quiser.

— Eu quero! — disse Galawel, pulando para os braços de Ardriel.

Mais tarde, à sós com Lucca, Ardriel olhou para ele e perguntou:

— Amor, você já pensou como vamos fazer para levar a Galawel conosco para o outro mundo? Não é simples gerar uma pedra focal hoje em dia, e muito menos ensinar uma criança a usá-la...

— Já pensei, e já conversei a respeito com Liliana e Eukhadi... e eles apontaram uma solução, mas vou precisar de sua ajuda.

— Diga logo, pois é óbvio que eu vou ajudar.

— Eles disseram que duas pessoas que possuam pedras focais extremamente poderosas, como nós, podem gerar uma terceira para outra uma pessoa e manipulá-la por um tempo, mas...

— Mas o quê?

— Mas para isso, é preciso que as duas pessoas amem a terceira, incondicionalmente.

— Ora, Lucca, Galawel é sua filha, filha do homem que eu amo, e é a coisa mais fofa deste mundo, você acha que eu já não a amo? Amo como se ela tivesse saído de mim. Se o problema é esse, então não há problema nenhum.

— Você é maravilhosa, sabia?

— Claro que sim... foi por isso que você se apaixonou por mim!

Os dois se beijaram apaixonadamente.

## 20. Matrimônio

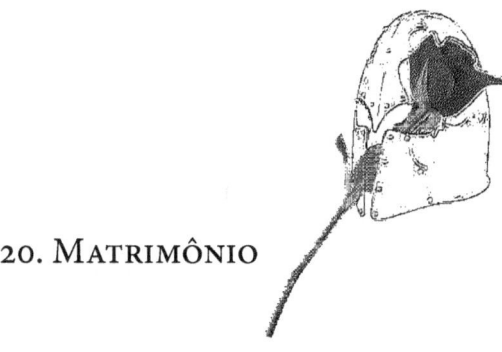

Era um dia quente no Rio de Janeiro. Lucca e Ardriel estavam no terraço de uma cobertura tomando sol e conversando, quando escutaram um som.

— O interfone! — exclamou Ardriel. — Será que são eles?

— Provável — disse Lucca. — Peraí que vou ver.

Desceu ao andar de baixo e voltou logo.

— Sim, são eles.

— Ainda bem, né? Eu já tava estranhando o atraso.

— Ora, elas estão sendo trazidas pelo Bernardo. Você ainda se espanta?

Quando a campainha tocou, Lucca, que estava dentro da piscina, fez menção de se levantar para abrir a porta, mas Ardriel o impediu com um gesto.

— Deixa, amor, eu abro, você vai acabar molhando a casa toda.

— Tem certeza? Não é melhor você ficar descansando? Afinal, você está grávida...

— Estou grávida, não doente, Lucca... e só estou de quatro meses.

— Ok, ok, não está mais aqui quem falou. — Voltou com Bernardo, Renata e Rubi.

— Só na folga, né, Lucca? — disse Bernardo,

— Folga? Fiquei arrumando a casa a amanhã inteira e ainda preparei o almoço — respondeu Lucca.

— Ah, é hoje o churrasco? — perguntou Rubi.

— Não, o churrasco é amanhã — disse Ardriel. — Hoje o Lucca vai preparar uma macarronada com um molho maravilhoso, receita do meu sogro.

— E o que tem nesse molho? — perguntou Renata.

— Só coisa ruim... — disse Lucca. — Gorgonzola, nozes, funghi secchi... E amanhã vocês comerão meu maravilhoso churrasco.

— Fico impressionado com a humildade dele... — debochou Bernardo.

— Sem querer parecer que estou defendendo o meu noivo, mas se tem uma coisa que ele gosta de fazer e na qual ele é bom, é cozinhar — disse Ardriel.

— Se esqueceu de acrescentar que sou ótimo em bater em bardos folgados. — sorriu Lucca.

— Certo — riu Ardriel. — Aliás, amor, você já buscou o carvão lá no carro?

— Ih, não, vou agora — respondeu Lucca.

— Deixa eu ir te ajudar — se ofereceu Bernardo.

Enquanto os dois desciam, as três mulheres se sentaram para conversar.

— Tem certeza de que a gente não vai incomodar ficando aqui? Nem o Bernardo? — perguntou Renata.

— Relaxa, temos seis quartos aqui: a minha suíte, o quarto da Gala, o do bebê, a sala de ginástica, o quarto de hóspedes e o escritório. Vocês, meninas, vão ficar no quarto de hóspedes, que é mais espaçoso, dá até para três pessoas tranquilamente, e o Bernardo fica no escritório — respondeu Ardriel. — E não adianta fazer essa tromba, Renata, você é menor de idade e está sob minha responsabilidade, desculpe, mas não vou deixar vocês dormirem juntos, não aqui em casa...

— Mas, Dri, lá no outro mundo o Lucca não se opôs — Rubi tentou interceder.

— O Lucca é o Lucca e eu sou eu; a casa, por enquanto, é minha, depois que a gente casar é que ele vai passar a poder dar palpite — disse Ardriel, sorrindo. — E ele tinha bebido naquela noite, não é mesmo?

— Isso lá é verdade... — concordou Rubi.

— Desculpe ter perguntado, Ardriel... — disse Renata. — É que eu não quero alugar vocês, serão três bocas a mais para alimentar, sei lá quanto você gastou nessa cobertura, longe de mim querer dar trabalho.

— Trabalho? Eu devo minha vida a vocês, hospedá-los não é trabalho nenhum — disse Ardriel. — A cobertura foi cara, é verdade, e foi uma sorte e tanto consegui-la aqui, no prédio onde moram os pais do Lucca, porque assim fica mais fácil para a gente se estabelecer, os tendo por perto para dar um suporte. E quanto ao dinheiro, graças ao Eukhadi não tenho que me preocupar com isso.

— Como assim? Como, graças ao Eukhadi? — perguntou Rubi, incrédula.

— Bem, não sei se vocês sabem, mas escrevi um livro nesse mundo aqui, antes de sumir, contando a história do primeiro Cavaleiro Branco.

— Agora que você falou, eu tava para te perguntar isso... me lembro de ter lido um livro chamado *A história do Cavaleiro Branco*, escrito por A. Fornorimar. Era o seu livro, né? — indagou Renata.

— Sim, esse mesmo — respondeu Ardriel. — Acontece que o livro foi um sucesso, e o Eukhadi, que tinha uma identidade falsa neste mundo, mas uma procuração minha que era verdadeira, começou a administrar o dinheiro resultante das vendas do livro, que foi um sucesso. Vendeu os direitos dele para o exterior, investiu o dinheiro muito bem e direcionou todo o lucro para uma conta no meu nome.

— Ué, para que isso, se ele acreditava que você tinha morrido? — perguntou Rubi.

— Boa pergunta... — disse Ardriel. — Só que nem ele sabe ao certo, disse que sentiu que isso era o certo a fazer, e fez. Mas não importa, o que importa, irmãzinha, é que eu tenho condições de hospedar vocês confortavelmente. Não só vocês, mas nossa quarta hóspede também.

— Quem é? — perguntou Rubi.

— Isso ainda é segredo — respondeu Ardriel. — Quando o Lucca subir, pergunte a ele, e se ele quiser ele conta pra vocês. Agora, não querem conhecer o apartamento? Vocês precisam ver a banheira na minha suíte!

Enquanto as moças visitavam o resto da cobertura, Lucca e Bernardo voltavam ao terraço.

— Ué, onde será que elas foram? — perguntou Bernardo.

— Sei lá, mas mais cedo ou mais tarde, elas aparecem. Vou é ficar na piscina, pois só de carregar esses sacos de carvão já fiquei encalorado — respondeu Lucca.

Lucca entrou novamente na água e as moças voltaram.

— Bê! — chamou Renata. — Você não imagina o tamanho da banheira que tem no quarto deles!

— Aliás, pra quê uma banheira de hidromassagem desse tamanho? — perguntou Rubi.

— Ora, "cunhada", a gente queria uma banheira que desse pra tomar banho juntos, e, considerando que eu tenho um metro e oitenta cinco e a sua irmã um metro e oitenta, e ainda está grávida, tinha que ser uma banheira grande, não? — respondeu Lucca.

— Tomar banho junto ou fazer outras coisas também? — insinuou Rubi. — E cunhada é o caramba, pô...

— Ô mente suja... e pensar que você tem dezesseis anos e ainda é virgem — disse Lucca, rindo.

— Sou virgem, mas não sou ingênua — retrucou Rubi.

— Lucca, quer parar de discutir nossa vida sexual com a minha irmã caçula? — se intrometeu Ardriel, rindo.

— Deixa, Dri, que eu me defendo sozinha — agradeceu Rubi. — Aliás, gostei de ver que você botou o seu noivo pra fazer exercício. Com todo o respeito, ele tá bem diferente, fisicamente falando.

— Ah, isso? — disse Ardriel. — Nem tanto. Tudo bem que ele tá malhando três vezes por semana, mas isso tem muita influência também da pedra focal, que fica melhorando o nosso corpo, ou vai dizer que você não notou que está mais "enxuta" de uns tempos para cá? Que começaram a sumir aquelas gordurinhas localizadas? Tudo por conta da magia da pedra...

— Taí algo que eu não entendo. Por que essa obsessão pela boa forma? — perguntou Bernardo.

— Isso era coisa do falecido mago Greyhund, criador das primeiras pedras focais — respondeu Ardriel. — Ele era obcecado pela criação de guerreiros perfeitos, prontos para serem heróis. No início ele procurava pessoas com corpos fortes, pois achava possível moldar o espírito deles, mas isso acabou dando errado; vocês, aliás, conheceram os dois maiores fracassos dele.

— Conhecemos? — falou Renata.

— É: Darklit e Sad'Gorth — afirmou Ardriel.

— Eles? Peraí, como assim? — disse Bernardo, incrédulo. — Eu achava que eles eram ligados ao "lado negro da força".

— "Lado Negro da Força"? Boa definição! Mas, sim, os dois foram humanos um dia, treinados por Greyhund — disse Ardriel —, que naquela época ainda acreditava que moldar a alma era a saída. Greyhund tinha se esquecido de que o poder absoluto pode corromper as pessoas que não estão preparadas para ele. Depois de dois fracassos seguidos, resolveu ouvir o conselho de Antigon, o último rei uno dos elfos: corpos fortes a magia pode conseguir facilmente, mas espírito forte, ou se tem ou não se tem, não se pode forjá-lo. Por isso ele passou a procurar pessoas de espírito forte, às quais poderia conceder o poder necessário sem correr risco.

— É... No entanto, o tal Mar´Shell deixou vocês na mão, né? — comentou Rubi. — Entregar o poder absoluto é sempre um risco, eu acho que não entregaria pra ninguém.

— Quem escolheu o Mar´Shell, mana, não foi Greyhund, foi o sucessor dele — explicou Ardriel. — E Greyhund não entregou poder absoluto para ninguém, mas, sem querer, criou nos guerreiros o desejo de possuí-lo, o que foi suficiente para corrompê-los.

— Aliás, uma vez nos disseram que um guerreiro é chamado de "branco" quando nunca matou nenhum semelhante... mas o Lucca matou Sad'Gorth. Então, Lucca, você vai trocar de cor? — provocou Bernardo.

— Eu trocaria, se tivesse matado alguém — respondeu Lucca. — Sad'Gorth não é um humano, é um espírito que possui corpos de defuntos, entendeu? A única coisa que fiz foi destruir o corpo que ele estava usando, o reduzi novamente a um espectro. Por isso ele é o líder incontestável dos necromantes e seu culto, porque é um defunto!

— Gente, o papo está bom, mas vocês não estão com fome? — se intrometeu Ardriel.

— Agora que você falou, Dri, tô sim — disse Rubi, meio sem graça.

— Então tá! Lucca! Vai terminar de esquentar o que tem que ser esquentado enquanto eu ponho a mesa — disse Ardriel.

— Deixa que eu ajudo, mana — se ofereceu Rubi.

Logo estavam todos sentados, saboreando o espaguete à Bianchi.

— Lucca, esse molho tá muito bom — comentou Rubi. — Os ingredientes principais você já contou, mas, afinal, como é que ele é feito?

— Isso eu não revelo. É receita de família. – respondeu Lucca.

— Pô, mas vou ser sua cunhada, sou quase da família — insistiu Rubi.

— Não adianta, irmã... eu só descobri com muito custo, mas pra você acho que ele não revela nem sobre tortura... — respondeu Ardriel. E se voltando para Lucca, sugeriu: — Agora, amor, por que você não vai pegar a sobremesa?

— Tá bom — disse Lucca, sorrindo. Se levantou e logo voltou com um pote de sorvete de chocolate, outro com musse de maracujá e algumas taças e colheres.

— Nossa, vocês estão querendo nos engordar, né? — brincou Renata. — Porque essa musse também está divina... a receita dela também é secreta?

— Não, essa não, depois eu te passo se você quiser — respondeu Ardriel, com um sorriso satisfeito. - Agora, se todos já terminaram, vou recolher a louça e levá-la para a cozinha.

— Ora, Ardriel, bota o teu noivo pra trabalhar de novo — disse Renata.

— É, Dri, bota esse porco imprestável pra lavar a louça — endossou Rubi, morrendo de rir.

— Ih, Rubi, relaxa, nós temos um acordo aqui: quando um cozinha, o outro cuida da louça. Nem vou lavar na verdade, pois temos uma lava-louça! Só a panela do molho e a do macarrão...

— Se é assim, deixa que eu ajudo — disse Rubi.

— Eu também — completou Renata.

Enquanto arrumavam a cozinha, as mulheres conversavam:

— E então? — perguntou Renata.

—Então o quê? — disse Ardriel.

— Deixa de bobagem, irmã... e então, com está sendo viver com o Lucca, dormir com o Lucca? — insistiu Rubi.

— Ah, isso? Bem, o Lucca é um doce, está sempre tentando me agradar, ser gentil. E a gente está se adaptando bem à vida aqui... está certo que tivemos uns contratempos com a família dele, mas já resolvemos tudo.

— Que contratempos? — perguntou Rubi.

— Ah, nada que valha a pena ser comentado — respondeu Ardriel.

— Fala, Ardriel, pode se abrir com a gente se quiser... — insistiu Renata.

— Tá bem. É que eu tive um trabalhão pra fazer o Lucca fazer as pazes com a família dele. — disse Ardriel. — A mãe dele, desde que soube a verdade sobre a minha origem, ficou com um pé atrás em relação ao nosso relacionamento, e eu, como mãe, entendo a preocupação dela. Eu também ia estranhar se um dia descobrisse que meu filho está namorando uma mulher vinda de uma dimensão desconhecida... Quando eu sumi, quatro anos atrás, o Giordano achava que eu tinha morrido, mas nunca mencionou nada para não desestimular o Lucca. Quando apagaram a memória do Lucca, foi fácil para a mãe deles convencer o Giordano a não fazer nada para reavivá-la. O pai dele se opôs no inicio, mas logo cedeu também. Agora vocês imaginam o quão irritado o Lucca ficou quando se deu conta, depois de ter recuperado a memória, de que havia passado quatro anos sem se lembrar de parte da sua vida e a sua família não fizera nada...

— Se eu conheço bem o Lucca, e acho que conheço, ele não devia estar querendo nem olhar pra eles — falou Rubi.

— Exatamente.

— E como você conseguiu contornar essa situação? — perguntou Renata.

— Com bastante calma e argumentação — respondeu Ardriel. — Se eu que era a parte mais prejudicada (afinal, passei quatro anos em animação suspensa num cristal, enquanto, bem ou mal, ele estava tocando a vida aqui), não estava magoada nem sentida, pelo contrário, compreendia a atitude da minha sogra, que só fez isso porque achava que era o melhor para ele, por que ele ficaria? Agora está tudo bem entre eles, e a mãe dele está se mostrando uma avó coruja para a Gala, inclusive a Gala saiu pra passear com ela hoje.

— Mas também, né, Dri, quem não se derrete com a Gala? — comentou Rubi. — Aquela menina é muito fofa.

Ao mesmo tempo, Lucca e Bernardo conversavam no terraço.

— Como é que está a vida de quase casado? — perguntou Bernardo.

— Está boa; no início a gente teve uns pequenos contratempos, mas agora já nos acertamos — disse Lucca. — E é gostoso acordar do lado de quem se ama!

— Ô, se é. Aliás, já está trabalhando, Lucca, ou ainda está procurando um trabalho? Porque sustentar esse apartamento e três bocas, quer dizer, daqui a pouco quatro... não vai ser fácil.

— Bem, sobre isso, cheguei mesmo a pensar em procurar um emprego, mas ia ser difícil conciliar com a faculdade e a Ardriel exigiu que eu me dedicasse ao estudo.

— É, realmente, medicina é fogo, mas, então, como vocês vão fazer?

— A Ardriel vai cuidar dessa parte enquanto eu faço faculdade. Depois, dividiremos as contas.

— Por curiosidade: como, se aqui não é o outro mundo, e ela não tem pai para sustentá-la?

— Você já ouviu falar num livro chamado *A história do Cavaleiro Branco*, escrito por uma A. Fornorimar?

— Já, sim. A Rê leu e disse que é muito bom, soube até que está fazendo um sucesso e tanto no exterior.

— Verdade! Foi a Ardriel que escreveu! Antes de sumir... E, não me pergunte por que, mas nos últimos anos o Eukhadi se valeu de uma procuração para administrar o dinheiro das vendas, investindo e depositando os lucros numa conta no nome dela. Não tenho explicação, mas foi isso que ele fez.

— Quer dizer que você acabou dando um golpe do baú sem querer?

— Quase isso — disse Lucca, rindo.

Enquanto os dois riam, as mulheres entraram no terraço.

— Do que vocês estão rindo? — perguntou Ardriel.

— De nada, não, amor, só de uma besteira que falamos — disse Lucca.

— Tá bom, vou fingir que acredito — retrucou Ardriel, rindo também.

Todos ouviram um barulho de porta se abrindo e passos leves subindo a escada. Algum tempo depois, apareceu uma linda menininha de cabelos castanho-claros na porta do terraço.

— Gala, vem cá, vem cumprimentar as visitas — disse Lucca.

A menina olhou atentamente para o grupo e saiu correndo na direção de Rubi.

— Tia! — gritou, enquanto se jogava nos braços da moça.

Ainda nos braços de Rubi, a menina se voltou para o pai e disse:

— Pai, a vó disse que era pra você ir lá embaixo que ela queria falar com você.

— Está bem, eu vou e você vem comigo para se despedir da sua vó, ok?

Lucca pegou a menina em seus braços e desceu até o andar abaixo do seu. Logo os dois estavam de volta. Lucca largou a menina no chão e Gala foi correndo se sentar junto de Ardriel.

— E então, amor, o que a sua mãe queria? — perguntou Ardriel enquanto fazia um cafuné na cabeça de Gala.

— Só avisar que o meu pai ligou, dizendo que já está a caminho com nossa última hóspede — respondeu Lucca.

— Bem que eu estava estranhando que ele não tinha ligado, pela hora era pra já estarem chegando mesmo — comentou Ardriel.

— Afinal, Lucca, quem é essa hóspede? — perguntou Rubi. — Porque eu já perguntei pra minha irmã e ela disse que só você pode responder.

— Ah, não é ninguém em especial, só a minha irmã... — disse Lucca.

— Irmã?! — disseram, ao mesmo tempo, Rubi, Renata e Bernardo.

— Lucca, acho que o sol afetou a sua cabeça... — emendou Rubi. — Pelo que nos consta, você não tem irmã...

— Tenho sim, e você a conhece, Rubi: é a Lê — esclareceu Lucca.

— Agora entendi, achei que você estivesse falando de uma irmã de sangue e não de irmã de consideração — disse Rubi.

— Mas ela é minha irmã de sangue, ao menos no outro mundo — insistiu Lucca. — Consegui uma pedra focal para ela e ela foi para lá desejando ser minha irmã de fato, o que de fato ocorreu.

— Não deveria ser difícil conseguir uma joia adequada para ser transformada em pedra focal? — perguntou Renata.

— Sim. E é — respondeu Ardriel. — Mas quando o Sieg estava procurando pedras para fazer o seu presente e o da Rubi, ele achou uma joia semipreciosa que era adequada... E o Lucca não sossegou enquanto Eukhadi, com ajuda da Liliana, não a transformou em pedra focal para ele dar para a Lê. Aliás, o Lucca até a batizou no outro mundo de "Vali": preciosa, rara, em élfico antigo. Tenho que reconhecer que estou realmente curiosa para conhecer minha nova "cunhada".

— Você não a conhece ainda, Dri? — perguntou Rubi.

— Não, ainda não, só do que o Lucca conta — disse Ardriel.

— Tenho certeza de que você vai adorá-la. A Lê é um doce — disse Rubi. — E que presentes são esses que você mencionou?

— Ah... Eu falei antes da hora... — disse Ardriel. — Mas já que falei, melhor entregar logo. Amor, se importa de buscar a sacola lá no quarto?

— Sem problema algum — respondeu Lucca, sorrindo.

Lucca voltou rapidamente, com uma sacola. De dentro dela, Ardriel tirou dois estojos de madeira, forrados de um tecido muito bonito e delicado, e três envelopes. Entregou um estojo para Rubi e outro para Renata, e os envelopes, um para cada uma de suas visitas.

— Vamos, abram — disse Ardriel.

Rubi foi a primeira a abrir seu presente. Dentro dele havia um lindo colar com um pingente de rubi e um par de brincos, também de rubi. No estojo de Renata havia um colar de safira e brincos idem.

— Gostaram? — perguntou Ardriel.

— Se eu gostei? Eu adorei, Dri — disse Rubi.

— Eu também gostei muito, Ardriel, mas não foram caros? — perguntou Renata.

— Que nada, o Sieg não me deixou pagar pelo serviço... — respondeu Ardriel. — Só tive que fornecer a prata, a madeira de lei e o tecido dos estojos. As pedras preciosas ele mesmo conseguiu. Ele fez as joias e o estojo e a Liliana fez o forro, e ainda pôs um bônus nas joias: um feitiço que vai impedi-las de perder o brilho. Agora, abram seus envelopes.

Era o convite para o casamento de Lucca e Ardriel, a se realizar dali a um mês.

— Pô, Dri, daqui a um mês? — disse Rubi. —Não sei se minha mãe vai liberar, já vou estar em aulas, vai ser complicado.

— Eu digo o mesmo, infelizmente — emendou Renata.

— Vocês vêm sim, nem que eu tenha que pagar para vocês virem de avião. Afinal como eu vou me casar sem as minhas madrinhas de casamento?

— Isso quer dizer que... — disse Renata.

— Sim, eu gostaria de convidar vocês três para meus padrinhos de casamento — disse Ardriel, sorrindo. — Vocês aceitam?

— É claro — respondeu Renata.

— Óbvio — disse Bernardo.

— E eu, preciso responder? — disse Rubi, rindo. — É óbvio que aceito ser madrinha de casamento de vocês.

— Só tem um detalhe, irmã — disse Ardriel. — Você se importa de ficar ao lado do Magor lá no altar?

— É aquele "altinho"? — perguntou Rubi.

— Isso, ele mesmo — respondeu Ardriel.

— Não, claro que não — concordou Rubi. — Por você eu ficaria ao lado de qualquer um lá.

— Aliás, sem querer cortar o clima de comemoração, esqueci de oferecer: Alguém quer café? — perguntou Lucca.

—Eu quero, amor — respondeu Ardriel.

— Querida, pra você não, lembre-se do que o médico disse — argumentou Lucca.

— Eu sei, eu sei, você está com a razão, mas eu também tenho direito a ter meus vícios, né? Afinal, quem não tem um?

— Eu não tenho — respondeu Lucca, sorrindo.

— Tem certeza? — retrucou Bernardo.

— Quer dizer, tenho um, sim: a minha mulher. Sou viciado nela e sem ela eu não vivo — disse Lucca.

— Ora, Lucca, se você esperava ganhar uma massagem especial hoje à noite, bem, você conseguiu — riu Ardriel.

Lucca nada disse, somente a beijou apaixonado.

Um mês depois foi realizado o casamento deles, na capela da escola onde Lucca havia estudado. Era grande e bem trabalhada, lembrava uma antiga igreja francesa. No lado reservado aos padrinhos de Lucca, estavam Sieg, Liliana, Giordano e Elza; do lado de Ardriel, estavam Renata, Bernardo, Rubi e Magor. A noiva foi conduzida até o altar por seu pai. Trajava um lindo vestido de noiva, costurado pelas melhores costureiras de seu mundo natal, e todos foram unânimes ao afirmar que a barriga que já despontava só a deixava ainda mais radiante.

Lucca e Ardriel viveram felizes por um longo tempo. O primeiro filho deles realmente se chamou Miguel, como era desejo da mãe. Depois se seguiram os gêmeos João e Mariana, e depois Rebeca, que, de todos os filhos do casal, era a que tinha a personalidade mais parecida com a do pai. Anos mais tarde, Ardriel, que no nosso mundo já tinha cinquenta anos, deu à luz outro casal de gêmeos: Larissa e Benjamim, que nasceram plenamente saudáveis, pois embora Ardriel tivesse aparência humana, o corpo dela conservava algumas características élficas, como a de gerar filhos saudáveis mesmo em idade relativamente avançada.

Os filhos deles cresceram saudáveis e se tornaram aventureiros de respeito, perpetuando assim o nome das famílias Bianchi e Fornorimar.

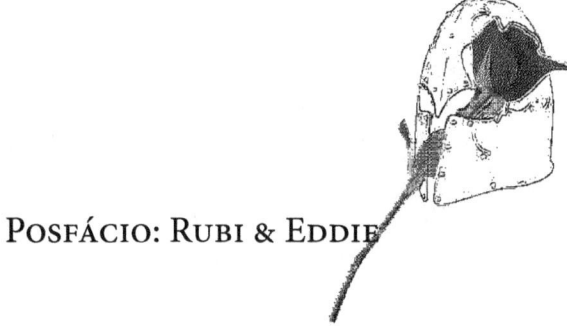

# Posfácio: Rubi & Eddie

— Cadê ele? Já passou meia hora da hora combinada — disse Lucca.

— Calma, amor, até parece que é algo importante pra você — falou Ardriel. — E você não já marcou cedo prevendo um possível atraso?

— Sim, marquei, porque, como diria o meu pai, conheço o meu "gado" e é importante para mim sim, tudo que diz respeito à sua família é importante para mim, afinal, sou seu marido — respondeu Lucca.

Antes que qualquer um dos dois conseguisse falar mais alguma coisa, tocou o interfone. Lucca foi atender e logo voltou.

— Era o porteiro, avisando que ele está subindo — disse Lucca.

— Viu? Adianta ficar nessa tensão toda? Ele chegou — disse Ardriel.

— É, com meia hora de atraso — retrucou Lucca.

— Certo, mas melhor esquecer, hoje é um dia muito importante para a Rubi e quero que tudo esteja tranquilo, certo? — pediu Ardriel.

— Certo, amor. — respondeu Lucca.

Quando a campainha tocou, Lucca foi abrir e logo retornou acompanhado de um rapaz magrelo, de mais ou menos um metro e setenta, cabelos escuros até o ombro e todo vestido de negro.

— Olá, Eddie — disse Ardriel. E se voltando para Lucca: — Agora que ele chegou, amor, vou na frente com a Gala para a gente já ir se arrumando, afinal mulher leva mais tempo. Não se esqueça de passar as últimas instruções a ele.

— Certo, querida.

Ardriel foi até o quarto de Gala, voltou com a menina no colo e logo desapareceu da sala, como se por um passe de mágica.

— Creio que a Rubi, quando te contou sobre o outro mundo, te explicou como é que a gente faz para passar para lá, correto? — perguntou Lucca.

— Sim, ela disse que vocês usam umas pedras mágicas, umas tais de pedras focais, ou, pelo menos, foi assim que as chamou — respondeu Eddie.

— Exato, isso mesmo. Mas no teu caso, a gente vai se valer de um portal para mandá-lo para lá.

— Um portal?

— Sim, vou desaparecer e logo vai surgir uma "fenda" no ar, um "rasgo" branco. É só você entrar no rasgo que sairá no outro mundo.

— E não é perigoso?

— Não, é supertranquilo.

— Não dá para você ir comigo?

— Não, eu tenho que ir antes para abrir o portal.

— Ok, então está bem. A que horas vamos?

— Agora.

— Agora?! E as tais instruções de última hora que você tinha que me passar?

— Eu passo lá, enquanto a gente se arruma. E vamos logo que estamos atrasados.

Lucca balbuciou algumas palavras e desapareceu instantaneamente. Logo depois, surgiu na frente de Eddie a fenda branca, como ele tinha dito.

— Vamos, venha. — chamou Lucca, através do portal.

— Não sei, tem certeza de que é seguro?

— Claro que é.

— Sei lá, será que eu não vou ficar perdido entre as dimensões, não vou parar no lugar errado?

— Ah, deixa de frescura...

O braço de Lucca apareceu saindo da fenda, segurou Eddie pela camisa e o puxou para dentro. O rapaz saiu num quarto rochoso, amplo e bem decorado. Lucca e Sieg esperavam por ele.

— Bem, seja bem-vindo ao castelo de Erdan, Eddie — disse Lucca, sorrindo. — Este é o meu irmão, Sieg.

— Ah, prazer em conhecer — disse Eddie, ainda um tanto confuso devido à passagem pelo portal. — Aliás, Lucca, a Rubi me disse que você era bem diferente aqui, mas eu não imaginava que fosse tanto...

— Também não é assim, não exagera. Agora vá logo trocar de roupa — disse Lucca, jogando um pacote para o rapaz.

— Hei, o que há de errado com a minha roupa? — perguntou Eddie.

— Você quer mesmo que eu responda? — retrucou Lucca.

— Calma, irmão — intercedeu Sieg. — Digamos, garoto, que a sua roupa não é adequada para este mundo.

— Pô, garoto não, tenho dezessete anos — reclamou Eddie.

— E eu tenho um milênio, rapaz, agora se vista, por favor, tá na hora — disse Sieg, calmamente.

Eddie foi para trás de um biombo e logo voltou vestindo uma calça cinza-claro de linho, uma túnica branca de linho com detalhes prateados nas mangas e bordas e um par de botas escuras.

— Está faltando algo... — disse Sieg. — Já sei, o cinto!

Sieg jogou um cinto prateado para Eddie

— A roupa está legal, mas, tipo, não tinha algo mais preto, não? — perguntou Eddie. — Branco não faz muito o meu estilo.

— Usar roupas pretas fora de velório é visto com algo de extremo mau gosto — respondeu Sieg.

— E fique satisfeito por termos conseguimos umas botas que farão você parecer mais alto, assim não ficará tão na cara que você é mais baixo do que a Rubi — disse Lucca, sorrindo, enquanto terminava de ajustar ao seu corpo a cota de malha.

— Ei, por que não tenho direito de usar uma cota de malha assim como você e o seu irmão, Lucca? — perguntou Eddie.

— Porque você não é guerreiro, e não queremos passar a falsa impressão de que é. Pelo mesmo motivo, não vai levar nenhuma espada ou qualquer outra arma presa no cinto — respondeu Lucca.

— Mas nem uma espada leve ou uma adaga? — perguntou Eddie.

— Não, nem pensar — reafirmou Lucca.

— Por favor — insistiu Eddie.

— Façamos o seguinte: se você conseguir movimentar com velocidade uma dessas espadas decorativas sem fio que estão na parede, poderá ter uma adaga na cintura — interviu Sieg.

Sieg tirou uma das espadas da parede e a entregou a Eddie. O rapaz a desembainhou e tentou movê-la como se estivesse cortando o ar, mas o peso da arma o desequilibrou e o fez cair para frente.

— Bem, depois dessa, acho que já podemos partir — disse Lucca.

— Ainda tenho a impressão de que está faltando algo, irmão — falou Sieg.

— Caraca, eu estava esquecendo as capas! — confirmou Lucca.

— É, realmente — concordou Sieg.

— Vou ter que usar capa também? Daqui a pouco vou me sentir um destaque de escola de samba — resmungou Eddie.

— Como diria um velho ditado lá do nosso mundo, Eddie, quando em Roma, aja como os romanos — respondeu Lucca.

— Tá, tá, tá, não está mais aqui quem falou — disse Eddie, resignado.

Lucca tirou de outro pacote uma capa cinza, que prendeu em Eddie, e uma azul que prendeu em si mesmo.

— Nem a capa podia ser preta? — perguntou Eddie.

Diante do olhar crítico de Lucca, não falou mais nada.

— Acho que agora podemos ir — disse Sieg.

— Espere, ainda tenho que passar umas instruções para o Eddie.

— Faça isso no corredor, irmão, temos hora.

— Certo, só deixa eu fazer uma coisa.

Lucca se aproximou de Eddie e tocou as orelhas dele levemente, enquanto balbuciava algumas palavras.

— O que você fez? — perguntou o rapaz.

— Botei uma ilusão em ti — respondeu Lucca. — Agora todos verão as suas orelhas pontudas e pensarão que você é um elfo.

— Ah, tá, mas era preciso isso? — perguntou Eddie.

— Era. Agora vamos, pois, como disse o Sieg, temos hora.

Em outro cômodo, Rubi e Ardriel também terminavam de se arrumar.

— Estou nervosa, Dri, não sei o que vai acontecer... se o Eddie vai me achar bonita, se vou cometer alguma gafe.

— Deixa de bobagem, maninha, você não vai cometer nenhuma gafe, é mais fácil ele fazer isso do que você. E agora sai de trás do biombo que eu quero ver como você está.

Rubi saiu vestindo um longo vestido prateado, que parecia feito de ar, tal a leveza do tecido e o corte que permitia vislumbrar toda a beleza do corpo da jovem.

— Irmãzinha, você está linda, radiante, como se uma aura de luz te envolvesse. Mamãe teria orgulho de vê-la assim, prestes a assumir votos de compromisso — disse Ardriel.

— "Voto de compromisso"... vocês tem uma maneira muito estranha para se referir a namoro... E não estou tão bonita assim, pelo contrário, não me sinto muito à vontade de vestido, nunca me senti — disse Rubi. — E você tem certeza de que mamãe gostaria de me ver assim?

— Sim, certeza absoluta. Você se parece cada vez mais com ela e tem o mesmo ar iluminado e radiante que ela tinha.

— Bobagem, é você que tem um ar radiante, com sete meses de gravidez e cada vez mais linda.

— Tá bem, vamos parar com essa rasgação de seda, como diria o meu marido, e... Ai!

— Que foi, Dri, tá se sentindo bem?

— Estou, é que o bebê chutou.

— Sério? Que bom.

— Bota a mão pra você sentir.

— Posso?

— Deve!

Rubi, com calma, colocou a mão sobre o ventre da irmã.

— Eu senti, Dri, senti ele chutar!

— Legal, não? Mas vê se não chora para não borrar a maquiagem...

— Ah, eu quero ser madrinha dele — disse Rubi.

— Vou pensar no seu caso — respondeu Ardriel, sorrindo.

— Pensar, nada, vou ser a madrinha e ponto.

— Pensar, sim, antes tenho que falar com o meu marido...

— E você acha que o Lucca vai ser contra?

— Não, mas não posso afirmar. Vamos logo, que nós temos que chegar no salão antes deles.

As duas seguiram rapidamente para o salão. Enquanto isso, Lucca, Sieg e Eddie ainda conversavam no corredor.

— Então você está lembrado direitinho de como você deve se portar, não é mesmo? — perguntou Lucca.

— Sim, vocês entrarão à minha frente, farão uma saudação ao rei e irão para junto de suas esposas. Depois disso, eu devo me curvar ao rei e falar toda aquela parada que você me fez decorar, certo? — respondeu Eddie.

— Perfeito — disse Lucca.

— Só tem uma coisa que não entendo... — disse Eddie.

— O quê?

— Por que eu vou ter que me apresentar como Eduard? Meu nome não é Eduardo...

— Você prefere se apresentar com o seu verdadeiro nome, Sana? Aliás, vai ser divertido ver você explicando o porquê do nome: "Olha, majestade, meus pais eram uns bichos-grilos que juram que me fizeram quando estavam acampando num lugar chamado Sana, e fiquei tão revoltado com isso que hoje só me visto de negro e uso camisa de banda *heavy metal*". Realmente, vai ser hilário — explicou Lucca.

— Está bem, você me convenceu — disse Eddie, resignado. — Mas por que Eduard?

— Foi sugestão minha — respondeu Sieg. — Como o Lucca disse que você só se apresenta como Eddie lá no mundo de vocês, sugeri Eduard. Pois caso você acabe se apresentando como Eddie para alguém, fica simples de explicar que é seu apelido. Sendo que tem mais um porém...

— Outro? — Eddie se espantou.

—Em alguns idiomas deste mundo, "sana" é o nome daquela profissão mais antiga de todas... — explicou Sieg.

— Ah, tá, realmente esse é um bom motivo para eu não usar meu nome aqui. Aliás, se me perguntarem "Eduard de quê?", o que devo responder? — perguntou.

— Você responde o seguinte: "Somente Eduard, senhor" — disse Lucca. — Aqui neste mundo só tem sobrenome quem conquista o direito a um por mérito, ou quando se é de uma família nobre e se herda um. Mas como para uma família ser nobre, é necessário que um antepassado seu tenha um feito um grandioso, de um mérito ainda maior, pode-se dizer que só se conquista sobrenome por mérito, de uma maneira direta ou indireta... e como queremos que façam o menor número possível de perguntas acerca de sua história, você não terá um, ok?

— Mas não vão achar ruim que a princesa namore um cara comum? Não há chance de o rei me rejeitar? — Eddie se preocupou. — A Rubi espera que esta noite seja perfeita e não quero decepcioná-la.

— Relaxe, nenhum nobre e muito menos o rei tem o direito de impedir que você assuma votos de compromisso com ela, ou seja, que você a namore. Quem tem o direito de decidir isso é a mãe dela e, na ausência desta, a irmã mais velha, que, por sua vez, é a minha esposa — esclareceu Lucca. — E a Ardriel gosta de você, já aprovou o namoro. O que vai haver hoje é uma cerimônia mais formal, só para o rei dizer perante a corte que está ciente da permissão concedida pela Ardriel e que não se opõe.

— Em suma, será para ele nos abençoar, certo? — disse Eddie.

— Sim, eu não teria sido mais sucinto. Se prepare que vamos entrar no salão. Ah, uma última coisa: para evitar gafes, evite puxar papo com estranhos e fique sempre perto da Rubi ou da Ardriel, ou de mim, do Sieg ou da esposa dele, Liliana, para que a gente possa te socorrer caso você tenha alguma dúvida de como deve agir. Agora, respira fundo que nós vamos entrar.

Os três atravessaram um grande portão de madeira escura que dava acesso a um grande salão. No fundo havia um trono sobre uma plataforma, onde estava sentado o Rei Tauron. À esquerda dele, num degrau mais baixo, estavam sentados o Rei Tiron e a Rainha Ahmawen. Ainda mais abaixo estava Ardriel, de pé, à esquerda e Liliana, à direita.

No momento em que pisaram no salão, foram anunciados pelo arauto real. Lucca e Sieg foram mais à frente, se curvaram perante o rei e foram para junto de suas respectivas esposas. Eddie, tremendo de ansiedade, deu dois passos à frente e se ajoelhou perante o Rei.

— Levante-se e diga a que veio, rapaz — disse o rei.

— Rei Tauron, eu, Eduard, vim perante vossa majestade manifestar o meu desejo de assumir votos de compromisso com vossa filha caçula, a quem tanto prezo e respeito — disse Eddie.

— Minha filha mais velha está de acordo? — perguntou o rei, se voltando para Ardriel.

— Sim, estou de acordo, senhor, não vejo nada que os impeça de assumir tais votos — respondeu Ardriel.

— Então, se minha filha mais velha não se opõe, respeitando o direto dela de decidir sobre esta questão, concedo minha benção real a vocês. Por favor, tragam os papéis protocolares para que eu possa assiná-los e minha decisão possa ser divulgada pelo reino — disse o rei.

— Majestade, eu gostaria de dizer algo antes de o senhor assiná-los — disse um nobre que saíra do meio dos convidados, um meio-elfo de aparência idosa e a coluna levemente curvada devido ao peso dos anos.

— Não entendo o que o senhor, Lorde Ralit, pode ter a dizer que me faça mudar minha decisão; neste caso, aliás, a decisão não é minha, e se conheço bem minha filha, ela não mudará de opinião, digas o que disseres. Mas ainda assim, se quiseres, vai em frente, tens minha permissão — disse o rei.

— Pois bem, só quero fazer algumas perguntas ao rapaz — disse Lorde Ralit, e, se voltando para Eddie, emendou: Muito bem, rapaz, tu disseste que te chamas Eduard. Eduard de quê? Ou devo supor que nossa princesa irá assumir votos com um reles plebeu?

— Ah, Eduard Ogam é o meu nome — respondeu Eddie, sem jeito.

— Ogam? Interessante... — comentou o lorde. — E de onde vem essa família Ogam? Qual foi o ato que justificou a outorga de sobrenome?

— Ah, bem... — Eddie começou a gaguejar.

Nesse momento, Ardriel sentiu seu vestido ser puxado. Olhou e viu Galawel tentando chamar sua atenção. A menina apontava para o pai, que estava dando com a cabeça numa coluna.

— Mãe, o papai não fica com dodói fazendo isso? — perguntou a menina.

— Acho que fica sim, meu bem — disse Ardriel. — Eu só queria saber por que ele tá fazendo isso...

As duas foram até lá.

— Amor, posso perguntar por que você está fazendo isso? — perguntou Ardriel.

— Pqp, eu falei para aquela anta dizer que não tinha sobrenome e o tosco não só me mete um como usa um maldito *nick* de jogo de RPG! — resmungou Lucca.

— Lucca, pega leve com ele, o que está feito, está feito... agora, amor, em vez de resmungar, vá ajudá-lo, porque o Lorde Ralit o está deixando sem respostas.

No centro do salão, Lorde Ralit insistia, encurralando Eddie.

— E então rapaz, de onde tu vieste? Que feito resultou no ganho desse teu sobrenome? — insistia o nobre. — Porque tu enrolaste, enrolaste e não nos disseste nada...

— Ele não precisa responder nada — interveio Lucca. — Lembra-te, Lorde Ralit, que não é da tua alçada questionar a validade dos votos. Esta decisão cabe à minha esposa, princesa-herdeira deste reino, e ela já os aprovou; neste assunto a palavra dela é lei.

— Viram, meus pares? — disse Lorde Ralit, se voltando para os outros nobres. — Viram a consideração que nos é concedida hoje em dia? Querem nos enfiar goela abaixo um plebeu qualquer e que não reclamemos. A princesa, então, nem coragem tem de nos falar pessoalmente, manda o estúpido do marido em seu lugar, quando ele é que não tem direito de falar nada, pois nem nobre deste reino ele é. E para completar, o tal plebeu é um elfo mestiço, pois, apesar de possuir as orelhas élficas, usa cavanhaque. Querem poluir ainda mais o sangue real!

— Lorde Ralit, bem sei que teu pai lutou ao lado do meu e que eu deveria respeitar-te por seres mais velho do que eu, mas minha paciência se esgotou — disse Lucca, colérico. — Minha esposa não veio responder pessoalmente porque está com sete meses de gravidez e não pode se estressar com pessoas mesquinhas como tu. Posso não ser um nobre deste reino, mas creio que já provei meu valor muitas e muitas vezes no campo de batalha, lutando para protegê-lo enquanto engordavas confortavelmente em teu castelo. E quem és tu, para chamar o rapaz de mestiço? Logo tu, que és meio-elfo e já tentaste casar teu neto, que possui aparência de um elfo puro mas que por ser teu neto tem sangue humano, primeiro com a minha esposa e depois com a princesa Rubi? Para mim, parece que fizeste todo esse discurso não porque te preocupas com o bem do reino, mas por motivos muito mais pessoais.

— Ora seu... — disse Lorde Ralit.

— Chega! — gritou o Rei Tauron, interrompendo Lorde Ralit. — Lukhz, por favor, mantenha a calma e a postura, tu és o príncipe-consorte do reino, te comporta de acordo com tal posição. E Lorde Ralit, nem tu nem nenhum dos nobres aqui presentes tem o direito de dar palpites sobre como devo conduzir minha família. E quanto ao "estúpido marido da minha filha", sendo o príncipe-consorte, lembro-te que deves respeito a ele e, além disso, devo lembrar-te que a minha falecida esposa era parente de sangue do pai de Lukhz, logo, pôr a nobreza da família dele em dúvida é pôr a nobreza da família dela em dúvida também, e isso eu não aceito. Retira-te da minha presença agora, ou vou convidar-te a passar os próximos dias no calabouço mais úmido, sujo e escuro do meu castelo.

Lorde Ralit e sua comitiva se retiraram do salão, e o baile começou. Lucca, num canto, observava Rubi dançar com Eddie no centro do salão.

— Estão muito bem juntos, não é mesmo? — disse para Ardriel, que se aproximara dele por trás, junto com Galawel.

— Como você sentiu que eu estava perto? — ela perguntou.

— Ora, amor, você já deveria saber que eu te sinto, sempre. Não achei você, escondida onde estava? Além disso, o seu cheiro é único, é algo maravilhoso.

— Se você acha que vai me amolecer com essa conversa, desista — disse ela, sorrindo.

— Ora, *amore mio, io non vivo piu di un'ora senza te.*

— Lucca, eu conheço a música... — disse Ardriel, num tom sério.

— Eu imaginava, amor, mas, acredite, fui sincero — disse Lucca, sem graça. — Também não precisa ficar braba por isso.

— Ora, seu bobo, sei disso, não estou braba, estava só brincando — disse Ardriel e beijou Lucca, apaixonadamente.

— Eca, melação — disse Galawel, ao ver os pais se beijando.

Os dois pararam de se beijar e riram da exclamação da menina. A festa transcorreu tranquila até tarde da noite, quando todos se retiram.

Mais tarde, Lucca de pé, junto da janela de seu quarto, como se admirasse a noite.

— Amor, por que você não volta para a cama?

— Ah, querida, eu adoraria, mas acho que tenho a leve certeza de ter visto seu "cunhado" saindo sorrateiramente do castelo — respondeu Lucca.

— E o que você está esperando para correr atrás dele?

— Já estou indo, querida.

Lucca se vestiu o mais rápido possível e saiu. Enquanto isso, Eddie caminhava tranquilamente por um beco mal iluminado da cidade. *Será que é por aqui, mesmo?* —se perguntou. — *O guarda disse que era, mas não estou achando nenhuma estalagem...*

— Ei, rapaz... — disse uma voz.

Eddie se voltou, e na extremidade posterior do beco estavam três homens mal-encarados.

— O que foi? — perguntou Eddie. — Fiz algo de errado?

— Sim — respondeu um deles. — Tu colocaste Lorde Ralit numa situação ruim perante o rei e ele nos mandou para te mostrar o quão irritado ele ficou com isso.

— Não precisam se incomodar, já compreendi... e digam para ele que peço desculpas — disse Eddie, tentando enrolar os bandidos.

— Faço questão — ameaçou, com um sorriso sinistro, o maior dos capangas.

— Por que tu não mostras para mim, ou será que tens medo? — disse uma voz vinda de trás dos bandidos.

Os três se viraram e viram Lucca parado, de braços cruzados.

— Quem és tu? — perguntou o bandido mais baixo.

— Quem sou? Bem, tenho muitos títulos. Sou o campeão de Arlon, príncipe-consorte de Erdan e Arlon, herdeiro de Sudher, portador das espadas gêmeas, mas tu podes me chamar de Lukhz, ou de "seu carrasco" — respondeu Lucca, com um sorriso irônico.

— Tu és muito arrogante, principezinho. Achas que podes dar conta de nós três? — disse um dos bandidos.

— Acho, com uma mão só, até — provocou Lucca.

Um dos três homens partiu para cima de Lucca, mas ele se desviou e nocauteou o adversário com um soco direto de esquerda. O segundo veio por trás, tentando surpreendê-lo, mas Lucca foi mais rápido: deu uma cabeçada no bandido e acertou em cheio o nariz, fazendo-o se dobrar de dor. Lucca terminou de levá-lo a nocaute com um chute. O terceiro tentou fugir, mas Eddie esticou a perna para fazê-lo tropeçar. Antes que o meliante conseguisse se levantar, foi nocauteado com um golpe de esquerda de Lucca.

— Eu disse que dava conta deles com um braço só — confirmou Lucca, sorrindo. E se voltando para Eddie, emendou: — Que ideia cretina foi esta de sair por aí sozinho?

— É que eu estava a fim de beber um pouco e comer também... e a Rubi tinha me dito que a cidade era segura, assim resolvi catar uma taverna — respondeu Eddie. — Mas acho que não foi boa ideia, né?

— Você acha? Eu tenho certeza. Vem cá, não te avisaram que o castelo tem serviço de quarto vinte e quatro horas?

— Me avisaram, mas eu não quis incomodar, acordar os funcionários só por minha causa.

— Eles são pagos para ficar acordados, Eddie, são dois turnos de trabalho, com funcionários diferentes. O que não dava era pra você sair por aí sozinho.

— E agora, o que vamos fazer?

— Já que estamos aqui, vamos para a taverna, só deixa eu avisar a minha esposa antes.

— Ok.

Lucca fechou os olhos por uns breves instantes.

— Pronto — disse. — Vamos.

— Já?

— Já. Avisei por telepatia.

— Pratico, isso.

— Muito mesmo, mas agora vamos antes que fique muito tarde.

Os dois beberam e se divertiram até o sol raiar. Quando voltaram ao castelo, Ardriel e Rubi esperavam por eles no portão.

— E então, como foi a noite, amor? — perguntou Ardriel, sorrindo.

— Divertida, até. Sem falar que fiz um pouco de exercício quando salvei o Eddie no beco.

— Eram mesmo capangas do Lorde Ralit?

— Ao menos foi assim que se identificaram.

— Desgraçado, meu pai tem que saber disso para puni-lo.

— Relaxa, amor, lembre-se de que você não pode se estressar, pelo bem do bebê. E a esta hora seu pai já deve estar sabendo, afinal, ontem larguei os três num posto da guarda municipal e com certeza o relato já deve ter chegado ao rei. Agora, só quero algo que não recebo desde ontem e já tô com saudade...

— Acho que já sei o que é...

Ardriel deu um profundo beijo em Lucca. Mas as coisas entre Rubi e Eddie não estavam tão tranquilas.

— Como você ousa sair à noite e não me avisar? — reclamou Rubi.

— Desculpe, mas não queria incomodar e você tinha me dito que a cidade era segura. E quando o guarda me indicou prontamente o endereço da taverna, tive certeza de que era realmente seguro — respondeu Eddie.

— Claro que é seguro, para alguém deste mundo, não para alguém como você, que está vindo para cá pela primeira vez. Você tem noção de o quanto fiquei preocupada? Só me tranquilizei quando soube que o Lucca estava contigo...

— Pedir desculpas adianta?

— Droga, você não tem noção de o quanto eu me preocupo contigo... se algo tivesse te acontecido, não sei o que faria... — disse Rubi, entre lágrimas. Em seguida, abraçando Eddie, falou junto do ouvido dele. — Eu gosto demais de ti, sabia?

— Eu também — respondeu Eddie, baixinho.

Os dois se abraçaram com força e ficaram se beijando por alguns minutos, até que Lucca se aproximou.

— Olha, tá tudo muito bom, tá tudo muito bem, e eu detesto estragar cenas românticas como essa, mas Eddie, seu pai pediu pra você voltar para o almoço, lembra? — disse Lucca. — Então é melhor você ir se despedindo das pessoas para podermos partir e você não se atrasar.

— É, tem razão, infelizmente tá na hora, né?

— Vou com você para me despedir — disse Rubi.

E assim Eddie retornou ao seu mundo, depois de a princesa caçula de Erdan ter apresentado a seu pai aquele que era, ao menos naquele momento, o seu escolhido.

Esta obra foi composta em Minion 11/13,1.
Impressa com miolo em off set 75g e capa em cartão 250g,
por Createspace/ Amazon.